마음을
업데이트할
시간입니다

마음을 업데이트할 시간입니다

펴 낸 날 2022년 7월 18일 초판 1쇄

지 은 이 남궁원
펴 낸 이 박지민
책임편집 선명
책임미술 롬디
그 림 민선
마 케 팅 박종천, 박지환

펴 낸 곳 모모북스
서울특별시 동대문구 왕산로81, 203-1호(두산베어스 타워)
전화 010-5297-8303 팩스 02-6013-8303
등록번호 2019년 03월 21일 제2019-000010호
e-mail pj1419@naver.com

ISBN 979-11-90408-25-7 03810

모모북스

프롤로그

숨어있던 맑은 마음을 깨울 거야.
신선한 기분을 느낄 거야.
새벽 밤공기의 푸른 감성이 찾아오고
홍미로운 이야기는 작은 설렘을 노래할 거야.

신기루처럼 희미한 감정들과
빛나는 별들처럼 수많은 생각들.
가끔은 너무 뚜렷해 부담스러운 상황들.

다 알아. 그래도 존재해줘서 고마워.

물 한 병 없이 사막을 걸어 다니는 그대여.
찢겨진 책처럼 상처의 이야기를 가진 그대여.
마음이 무뎌져 삶의 맥박이 아슬아슬한 그대여.

온전함과 편안함을 위로와 공감을
때로는 도발적인 자극을 선물할게.

이제 마음을 업데이트할 시간이야.
그럼 마지막 페이지에서 보자, 안녕.

차례

2장

이리 와서 술 한잔해요

3장

그대를 봄이라 부르기로 하였습니다

4장

당신은 당신의 길을 걷고 있나요

1장

힐링의 뜻은
온전히 내가 되는 시간

오랫동안
꽉
안아주자

평생을 함께해야 하는 것. 그것이 바로 마음이다. 태어난 순간부터 내 삶의 마지막 0.1초까지 잠시도 떨어져 있는 시간이 없다.

건강, 사람, 돈, 명예, 사랑, 행복, 희생과 같이 보기만 해도 아름답고 소중한 품목들 모두 마음과 연관되어 있다. 그러니 마음이 뒤바뀌어버리면 모두 송두리째 사라져버리거나 모질게 변해버리고 만다.

남녀노소, 직업, 상황 가릴 거 없이 다양한 사람들의 마음속에 들어가 보았다. 입구는 물론이고 재질, 상태, 모양, 깊이가 다 달랐다. 용암처럼 뜨거운 곳, 히말라야처럼 험난하고 차가운 곳, 당장이라도 사라져버릴 것 같은 곳, 눈물보다 더 아프고 쓰린 곳, 걱정과 사연들로 인해 매일 지진과 해일이 쏟아지는 재난 같은 곳도 있었다.

그래서 나는 사람들에게 "마지막으로 가장 평온하고 거리낄 게 없었던 때가 언제인가요? 앞으로도 평생 이 마음을 가지고 일생을 보내실 건가요?" 하고 물었다. 대부분은 "기억이 안 나요, 원래 이랬던 거 같아요, 노력은 해봤는데 어떻게 해야 할지 모르겠어요." 라고 대답할 뿐이었다.

지치고 힘겨운 마음은 어디에나 쌓이는 먼지처럼 누구나 가지고 있었다. 먼지를 조금 털어내고 들춰보면 그중에는 찐득하게 달라붙어 있거나 녹이 슬었거나 굳어져 버린 마음들도 있었다.

그래서 한 번 더 확신했다. 마음을 관리하는 게 곧 삶을 관리하는 거라고. 지금 잘 살든 혹은 그렇지 않든, 항상 마음에 기름칠을 해주며 소중히 여겨주는 사람이 결국에는 삶의 승리자가 될 거라고.

마음은 보이지만 않을 뿐 우주 탄생 이래 가장 위대한 힘을 가졌고 지금까지의 모든 것을 이루어 내는 무한한 가능성을 가졌다는 것을 전하고 싶다. 지금까지 애썼고 힘겨웠을 거고 아팠을 거다. 이제 내가 집중해야 할 건 마음 관리이다. 당신에게 적절한 마음은 당신이 희망하는 삶을 살게 해줄 가장 확률 높은 투자처이니 부디 소홀하지 않기를.

마음이 있어 삶의 의미가 있는 것이다. 온도가 계절을 따라가듯 나의 삶도 마음을 따라간다. 언제나 당신이 잘 살 수 있기를 응원한다.

꼭 필요한 시간

화창한 날에 햇살이 나를 향해 인사를 건네던 날, 그 잠시도 못 참고 살랑이며 질투를 쏟아내던 바람들의 속삭임. 한껏 부풀어진 마음은 나를 산책길로 안내했어. 어느새 발걸음은 이미 동네에서 유명한 공원을 걷고 있었지. 이어폰에서 흘러나오는 음악을 들으며 자꾸자꾸 걷다 보니 풀 나무의 내음은 내 숨에 진하게 물들었고 컴퓨터 회로처럼 복잡한 마음들은 한풀 꺾여 있었어. 힘들고 지칠 때일수록 무조건 걸으라는 말을 들었을 때는 조금 무모하다고도 생각했는데 직접 겪어보니 다음을 기약할 수 있겠더라고.

오가는 사람들. 이어폰 밖에서도 들려오는 새들의 소리. 우리는 서로 다르지만, 이곳에 있었던 순간만큼은 비슷한 감정을 공유하고 있지 않았을까 생각해. 가만히 무언의 공감을 나눈 뒤 돌아갈 때의 나는 내 마음속 사전에 '힐링'이라는 단어를 적을 수 있었고 뜻풀이는 '온전히 내가 되는 시간'이었어.

집에 와 샤워를 하며 그곳에서의 아쉬움을 닦아낸 후 쉬기 전 체중계에 올라가 봤더니 0.5kg 정도 살이 빠졌더라고. 다이어트를 하려고 산책한 것도 아닌데 체중을 확인하는 내가 우스워 나도 모르게 미소를 지었어. 오늘 하루 잘 보낸 것 같다, 뿌듯함을 느끼며 침대에 누워 잠이 들 찰나 한 가지를 깨닫게 되었어. 몸무게는 줄었어도 바짝 말랐던 마음은 한껏 부풀어 올라 풍요롭게 살이 쪘다는 것을.

마음의 소리는 지금 내게
필요한 걸 알 수 있게 해줬어.

새로운
도전을 시작하기로
했다면

새 출발을 알리는 신호탄이 '탕' 하고 울렸다.
출발선에 선 모두가 저마다의 결승점을 향해 가겠지.
마치 첫 고백과 공포 영화의 소음처럼
내 안의 떨림은 몹시도 울려댈 거야.

달리다 보면 간절함은 국가대표 급이지만 성공은커녕
예선이나 통과할 수 있을지 그 불안감이 커져.
실패하거나 도중에 포기하지 않을까를 스스로 의심하며
운동화 끈을 조였다 풀었다를 반복할 수도 있을 거야.

그런데 정말 무서운 건 패배가 아니야.

무언가를 이루고 싶은데 도전하지 않는 자세,
그동안의 실패와 포기가 습관화되어
나를 쉽게 끌어내리는 패배주의가 무서운 거야.
최선을 다했지만 안 됐다면 거기서 멈춰도 되는 거고
조금 쉬었다 다른 길을 둘러볼 수도 있는 거야.

성공하지 못하면 패배자라는 무식한 거짓말은 세상이 잘못 만들어낸 오류에 불과해.

할 수 있을 때 목숨 걸고 해 봐.
할 수 없는 상황이라도 빈틈을 찾아 시도해 봐.

부딪히고 깨지기도 하고
다시 다듬고 정성을 들여야
그럴싸한 그릇 하나가 완성되듯 말이야.

인생이란 올림픽에 은퇴란 종목은 없어.
나의 빛나는 시작은 결과와 상관없이 언제나
내 목에 메달을 걸어줄 테니까.

야행성

내가 가지고 있는 아픔과 상처들.
망각하지 못한 슬픈 기억들.
딱지가 지다 못해 시커먼 어둠으로
한구석에 자리 잡았다.

가끔 꺼내야 할 때면 입술을 질끈 물어야 할 정도로
꿰매지지 않는 고통이겠지.

그런 마음은 사실 스포트라이트를 비추고
되새기며 극복하는 것이 아니야.

잊지 말렴. 어두운 건 어두운 대로 놔두는 거야.
세상 모든 사람 누구나
하루에 꼭 한번은 어둠을 겪는 것처럼.
수많은 조명이 애써 빛을 뿜어대도
밤하늘을 밝히기엔 역부족인 것처럼.

어둠은 억지로 개어지는 것이 아니라
시간이 흐르면 동이 트기 전 새벽처럼 열어지는 거란다.

그때가 비로소 마음이 끼고 있던
선글라스가 확 벗겨지는 날이란다.

남
말고
나에게

사사로운 것에 예민해질 때.
이를테면 상대방의 언행부터
나아가 외부적인 상황과 반응에도 민감해질 때.

이유를 찾으려 고민할 필요 없었다.
깊이 파헤칠 것도 아니었다.

간단했다.

시선을 다시 나에게 맞추면
모든 것이 제자리로 돌아왔다.

편히 업혀도 돼

마음속 다리미가 고장이 나면 처리해야 할 수십 벌 정도의 생각들과 밀려있는 일거리 앞에서 초보 주부마냥 한없이 무력해진다. 그런 순간에는 하루쯤 파업을 선고하고 도피처와 의지할 곳을 찾기도 했다.

어지러운 마음을 껴안고 택시에 탑승한 채 신호를 기다리던 중 창문 밖을 보니 여기저기 전단지가 수두룩하게 붙어있었다. 그중 눈에 띄는 전단지 하나를 살펴보았다. 헌 옷을 새 옷처럼 정갈하게 만들어 준다는 빨래 광고였다. 평소라면 신경도 쓰지 않고 무심히 지나쳤겠지만, 그날따라 관심이 갔다. 그렇게 계속 보고 있으니 마음이 내게 조그맣게 몇 마디를 속삭였다.

구겨진 내 마음도 누군가 세탁해 줬으면 좋겠다.
깨끗하고 단정하게 갤 수 있도록.

나는 자기 자신을 스스로가 책임져야 한다는 가치관이 확고하고 다른 것에 나를 맡기는 스타일도 아니다. 그러나 슈퍼맨 같은 사람도 가끔은 무언가에 의지하고 싶을 때가 있는 법이다.

꼭 사람이 아니더라도 물건, 취미, 장소가 의지의 대상이 될 수 있다. 그러니 의지한다는 걸 스스로 나약하다 여길 필요는 없다. 부끄러운 게 아닌 사람 냄새가 나는 거뿐이니까. 감당 안 되는 날에는 편히 의지해도 된다.

아무리 대쪽 같은 대나무도
때로는 바람에 기대어 누워있고는 한다.

여름

여름에게 연락이 왔습니다.
갑자기 찾아와 몇 달 있다가 갈 테니
한철 따갑더라도 너무 싫어하지 말랍니다.
아니나 다를까 오자마자 여기저기 말썽을 피워
사람들 좀 고생시키지 말라고 한소리 했습니다.
듣고 있던 여름은 자기가 있어야 생태계가 돌아간다며
잘난 척을 하더니 주름 가득한 얼굴로 웃습니다.

한동안 실랑이를 벌이는 날들이 많아지고
어느 날 잠에서 깨어난 제 머리맡에는 수박 한 통과
편지 그리고 여름휴가 티켓이 놓여 있었습니다.

휴가지의 아름다운 별빛 아래 사람들이
피서를 즐기고 있었고 푸릇푸릇 생기 넘치는 자연과
왁자지껄 행복에 물든 웃음소리, 곳곳에서 피어나는
설레는 사랑이 합창을 이루고 있었습니다.
눈앞의 하모니는 가슴을 일렁이기에 충분했고
푹 빠진 채 시간 가는 줄 모르고 감상하다가
아차 싶어 잊고 있던 여름이 준 편지를 꺼내 읽었습니다.

단면만 보는 대신 입체적으로 삶을 바라본다면
고통 속에서도 또 다른 행복을 찾을 수 있을 거야.

짧은 문장이지만 오랫동안 아렸습니다.

여름은 어쩌면 미움을 받지만
사계절 중 제일 많은 짐을 짊어진
가장의 계절일지 모릅니다.

Summer

맺어
지다

차디찬 길거리. 하필 우산으로도 피할 수 없을 만큼 비가 쏟아질 때, 흠뻑 젖어 오들오들 떨고 있는 강아지가 눈에 띄었다. 누군가 무책임하게 버린 건지, 길을 잃은 건지, 어떻게 된 사정인지는 알 수 없었지만 급한 대로 입고 있던 옷으로 빗물을 닦고 품에 안은 채 집으로 성급히 발길을 돌렸다.

도착하자마자 난방을 켜고 담요를 덮은 후 따듯한 물과 고구마를 줬더니 허겁지겁 맛있게도 먹는 녀석. 얼마나 배가 고팠으면 이렇게 성급하게 먹는 걸까. 잘 먹어서 다행이긴 하지만 마음 한구석은 꽤나 무거워졌다. 동물병원에 가서 상황을 설명하고 진료를 봤더니 다행히 큰 문제는 없다고 하여 조금은 긴장감을 놓을 수 있었다.

사료와 필요한 걸 구매한 후 돌아와 생각했다. 한 생명을 책임지는 건 보통 일이 아니라고. 어느새 경계를 풀고 졸졸 따라다니며 애교를 피우는 녀석. 귀여움을 넘어서 나도 모르는 사이 녀석과 교감을 하고 있었다. 한참 고민한 끝에 결정을 내렸다. 내 첫 반려동물로 받아들이기로. 녀석의 일생을 책임지기로 한 것이다. 그렇게 녀석을 꼭 껴안은 채 스르륵 잠이 들었고 다음 날부터 녀석의 이름은 행복이 되었다.

모두 다 그대의 편이야

한동안 안온한 밤을 보내지 못했지.
활짝 갠 하늘에 위로를 받을 틈이 없기도 했지.

평범한 하루 속에 내 마음은 왜 이리 치열할까.
헛웃음이 나온 적도 있었어.

그래서 잘 알아. 이건 그대 잘못이 아니야.

수많은 별들이 그대 이야기를 경청하고
어느 먼 곳의 폭포가 그대를 대신해 울어주기도 해.
풀, 나무들의 관심사는 그대이며
투명한 공기는 보이지 않는 기도를 해.
매 순간 그대만을 위해서.

나를 위해서

어렵다, 어렵다, 하지 않기로 결심했어.
말이 씨가 되니까.

처진 입꼬리를 방긋 올려 웃어 보였어.
웃는 얼굴엔 시련도 삐끗 미끄러질 테니까.

푹푹 내쉬던 한숨은 멈추기로 했어.
마음이 요란할 땐 차분하게 심호흡을 하는 거니까.

티끌만 한 먼지에도 민감한 가슴속에
상냥한 습관들이 모이다 보면

태산이 되어 먹구름을 몰아내고
흠뻑 젖은 나를 난로처럼 말려줄 거야.
그런 사소한 차이는 사랑과 꿈의 비단결조차 바꿔주니까.

그리고 공연히 하늘에 대고 외칠 거야.

내 인생아,
네가 힘들 때면 내가 꼭 부둥켜 안겠다고.

이럴 때도 있고
저럴 때도
있는 거야

밤에 기대는 인물일까, 낮에 일어서는 사람일까.
때때로 변하는 내게 물음표를 붙인 적이 있다.

밤하늘 속 아늑한 정적에 둘러싸여 고요한 평화를
즐기기도 했지만 글썽이는 감정을 주체 못해
편지와 음악에 눈물이 고이기도 했고

반면 낮에서 오는 갖은 스트레스로 인해
피로에 절어 있기도 했지만, 때때로 오는
기쁨과 희망은 삶의 이유를 충족시키기도 했다.

어느 시절이든 그에 맞는 자세가 필요하니 혼란을 틈타 오는 변화에 예민해질 필요 없다. 내가 오래도록 정체되어 있다면 어느 날 살랑거리는 바람에 몸을 띄워 봐도 좋다.

사람은 굳어있는 돌이 아니니 적당한 자유분방함이 필요하고 그것을 불편하게 여길 필요 없이 자연스럽게 받아들이면 된다.

인생은 올빼미와 참새만 있는 줄 알았더니
독수리와 비둘기도 날아다니는
드넓은 초원이었다.

축복

오늘 하루를 살아가는 당신 예쁘다.

버텨내고 이겨내는 당신 멋있다.

이유 없이 당신 사랑스럽다.

나는 보인다. 당신을 향해가는 빛이.

나는 느낀다. 당신이 잘 될 것 같은 확신을.

이유 같은 건 몰라도 된다.

사람에게 꽃이 피는 건 원래 이유가 없다.

별 보다 많다

행복에 연연하지 말자.
안 그래도 자연스레 찾아오니까.

행복에 너무 몰입하지 말자.
놓치는 것들이 많아지니까.

사소한 것을 예뻐하고
자그마한 것에 감사하면
예고 없이 들이닥치는 게 행복이다.

나는 모를 수 있다.

당연하게 생각할 수 있다.
지금 누리고 있는 행복을
거만하게 바라볼 수도 있다.

아름다움을 눈동자에 담고
아기자기한 언어를 귀에 간직하고
좋은 사람과 마음을 공유할 수 있으니
내가 만족하지 못했던 문제들은 사실 별거 아니었다.

오늘 누군가의 마음을 빌려 썼다.
행복은 어제와 내일도 아닌 이 순간에
가장 많이 출몰한다고 적었다.

똑똑

갑자기 흥미로웠어요. 나라는 사람을 과거부터 현재까지 쭉 훑으니 어떻게 지금까지 잘 버틴 걸까, 호기심이 생겼죠. 이불을 발로 차고 싶을 정도의 흑역사도, 굉장한 사연도, 이리저리 치이며 엉망진창 된 적도 많지만 살아 보겠다며 푸른 희망을 품고 밤공기에 설레는 가슴을 간직하다 보니 전보다는 더 많이 웃는 거 같습니다.

얼어붙을 것 같은 세상이 마음에 동상을 입힌 적도 있고 날카로운 사람에 베이기도 했지만 때때로 내리쬐는 햇살은 왜 이리 따듯하기만 할까요. 소중함이 무엇인지 알려준 사람들은 어떻게 그리도 나를 일어서게 할까요. 혼자만의 힘으로 이루어진 것이 아니라 생각해요. 그래서 모든 것에 감사해요. 나뿐만이 아닌 모두가 그럴 거예요.

행복은 항시 있는 도로이고 힘든 날은 가끔 있는 터널이라 생각해요. 불행으로 보지 않고 더한 기쁨을 만끽할 수 있는 기회라고 받아들여요. 앞으로 들이닥칠 찬란함을 예쁘게 받을 수 있고 원하던 바람이 이루어졌을 때의 희열을 가득 담을 수 있게 마음속에 있는 그릇을 비워두세요. 그런 축복의 순간은 누구에게나 미소를 지으며 다가오는 법이니까요.

주마등처럼 스치는 기억과 경험들이 어둠 속에서 빛을 내라고 안내해요. 나는 이 느낌을 교리처럼 따를 거예요. 향기로운 밤과 싱그러운 낮이 당신을 기다려요. 이만 물러나요.

기억이 머무른다는 건

늦여름 학교에 갔다 집에 오는 길에
어느새 시원한 가을바람이 머리칼을 스칠 때.

휴일 하루 전 일과를 마친 후 샤워를 하고
포근한 이불속에 들어가 나만의 시간을 만끽할 때.

세상을 바라보는데 왠지 모를 설렘이
가슴을 덮치는 순간.

잠깐 생각해낸 몇 가지 기억만으로도
호흡이 벅차오르는 건 기분 탓일까.
내게는 더 좋은 순간들로 나를 채우자는 동기부여가 됐어.
가끔은 딸깍, 재생해 봐도 좋아.

기억이 머물렀다는 건
꽤나 인상적이었다는 것이니까.

알아줘

힘들었지 그동안.
내가 옆에 있었으면 꼭 안아줬을 텐데.

우연히 만난 지하철 안에서
피곤해 졸고 있다면
한쪽 어깨를 빌려줬을 텐데.

눈물이 뺨을 적시는 날
너의 하소연을 듣고 같이 아파했을 텐데.

내가 알아, 너를.

나는 몰라, 사연을 가만두는 법을.

같이 떡볶이를 먹다 눈만 마주치면 장난을 치고,
공포 영화를 보며 무서운 장면에 깜짝 놀라 팝콘을 떨어뜨리고,
야경을 배경 삼아 사진도 찍고 다하지 못한 이야기들을
산책 삼아 바닷가에 풀어 놓았을 거야.

이제 너의 곁엔 내가 있어.
너의 시간과 나의 시간이 맞물린 지금이
어느 때보다 더 소중해.

운수 좋은 날이에요

요즘 '운칠기삼'이라는 말이 자꾸 머릿속에 떠오른다. 모든 일은 운이 7할 재주가 3할이라는 뜻이다. 나는 최선을 다하고 결정은 하늘이 한다는 말과 닮았다. 뉴턴조차 사과가 그날 떨어지지 않았다면 만유인력의 법칙을 발견하지 못했을 것이다.

하지만 너무 운을 걱정할 필요는 없다. 그들은 힌트를 남겼으니까. 어떠한 상황에서도 끝까지 나는 운이 좋다고 믿는 것이야말로 필요한 자세라고. 힘든 일 앞에서 자칫 흔들릴 수 있어도 결국 모든 운은 내 주위에서 나를 잘되게 하려 애를 쓴다고.

때로는 청량한 당신의 기운에 믿음을 가져보는 시간이 필요하다. 포근한 이불속에서 쏟아지는 꿀만 같은 달달한 행운의 향을 맡으며 푹 그리고 깊이 잠들기를. 다 잘될 테니까.

밤하늘의 저 수많은 별은 당신의 어려움을 가만두지 않는다.

이루어지다

잘 살아보려 하는데
자꾸 비구름이 그림자를 드리우는 건

저 높은 하늘에서 네게 큰 선물을 주려
땀을 뚝뚝 흘리고 있기 때문이야.

얼마나 열심히 만드는지 김이 모락모락 새더라고.
그래서 앞이 잘 보이지 않았던 거야.

안심해도 돼, 정말로.

지난날의 안타까움을 나열하지 말고
일어나지도 않을 일을 스스로에게 통보하지 말고
햇살이 조금 내어준 따스함에도 활짝 피며
한결같이 좋은 날을 바라보는 해바라기가 되자.

그런 순간이 몇 차례 반복되다 보면
어느새 너만을 위한 편지가 도착할 거야.

그동안 참 애썼다고.
지금껏 가장 공들여 만든 행복을 너는
충분히 누릴 자격이 있다고.

주문
하시겠어요?

쓸데없는 걱정, 과장된 불안감,
복잡한 인간관계, 짜증과 싫증.

전부 없는 메뉴들입니다.

통통 튀는 하루, 뜨거운 사랑,
배꼽 빠지는 웃음, 긍정적인 기운.

당신은 이 메뉴들만 주문할 수 있습니다.
그것도 무한리필로요.

원래 당신의 메뉴판은 이리도 싱그럽습니다.

정원이 있는 집

확실한 지금을 사랑했으면.

머뭇거리다 놓칠 바에야
못 먹어도 고, 라는 심정으로 용기를 내봤으면.

저만치 떨어져 홀로 있는 믿음을 가만두지 않고
다가가 친구가 되어줬으면.

가장 쉬우면서도 가장 어려웠던 일.
후회를 품었음에도 반복되는 일.
하지만 이제는 달라지기.

잘 맞지도 않는 일기예보에 겁먹지 말고
바짝 내리는 소나기도 어루만져 주기.

때로는 망설임이란 축구공을 슈팅해보기.

내 안에 있는 보석을 검증사가 의심해도
나 하나만큼은 끝까지 간직하기.

삶이란 이처럼 나의 단단한 자재들로 지어지는
멋진 전원주택이니까.

여유
있는
시선

무언가 내가 원하는 대로 되지 않았더라도
어차피 다 해결돼.
아직 내 순서가 아닐 뿐.

대범하면서도 얽매이지 않는 너그러움은
더 좋은 기회와 잠겨있던 가능성을 끌어오는 법이야.

당신에게 번호표를 발급해주는 창구는
눈앞에만 있는 게 아니야.

깨어있는 생각은 원래 바라던 것보다
더 만족할 만한 장소로 당신을 안내하는 법이야.

너에게
딱 하나
바라는 것

나는 네가 하루를 살더라도
후회 없이 행복했으면 좋겠다.

너무 철들어서 고뇌하지 말고
핫소스같이 자극적인 감정을 들이켜지 않고 말이다.

행복은 조개 속 진주를 찾았을 때만 등장하는 게 아닌
그 여정 속에서 언제나 묻어나는 거니까

돈과 성공도 물론 중요하지만
나를 가로막는 방해물이 되기도 하니
적당한 동기부여 정도로 이용하는 것이

나와 행복 둘 다 윈윈할 수 있는 길이야.

사랑하는 사람들과 함께할 앞으로의 시간부터
가끔 홀로 피어있는 순간까지
울창한 숲의 나무처럼 수많은 기쁨들이
네게 빽빽했으면 좋겠다는 거야.

이렇듯 편안히 짐을 내려놓고
감각을 조금만 세우면
행복은 쫓는 게 아니라는 사실을 알게 될 거야.

너는 삶의 여러 모습 중에서도 해맑게 사는 것에 가장 적합한 사람이야.

끙끙 앓지 말고 살아.
하루를 살더라도 행복한 하루살이가
백년의 고민보다 깨닫는 게 많아.

파랑

그 아이가 물었다.
무슨 색을 가장 좋아하니?
주저 없이 파란색이라 답했다.

이유는 별다를 것 없었다.
설득이 필요하지 않아서

파란 바다에 파란 하늘에
짙푸른 은하수에 의문을 가져본 적 있니?

나는 어쩌면 마음을 뻥 뚫어버리는 그런

압도적인 쾌활함에 반해 버린 것일지도 몰라.

만약 내가 다음 생에 벽으로 다시 태어난다면
맑은 파란색을 칠해 줘.

그 어떤 배경보다 든든한 포토존이 되어줄 테니까.

내 생각보다
무수히
많다

튼튼한 두 다리로 어디든 갈 수 있어.

두 눈은 세상에 보이는 모든 것을 담을 수 있고
가슴은 형상은 없지만 소중한 실체들을 간직해.

동네마다 다른 특유의 향을 들이쉬는 코와
예쁜 사랑과 언어를 머금은 입술.

남
일이
아니야

사람 일은 몰라.

단칸방에 머물다가도 어느 날 우연히 나타난 기회를 잡아
펜트하우스에 살게 될 수도 있어.

뜻 없이 살다가도 명확한 꿈이 생기기도 하고
그저 그런 흐름 속에서 갑자기 기막힌 영감이 떠올라
그날부터 모든 게 통째로 뒤바뀔 수도 있어.

건강이 좋아지기도, 마음이 회복되기도
귀인이 나타나거나 예기치 못한 좋은 일이 찾아오기도 하지.

나를 꽉 쥐고 있는 무언가에 무릎을 꿇지 마.
탈출구는 없는 게 아니야.
아직 눈에 띄지 않았을 뿐.

끝까지 살아봐.
황금보다 값진 걸 얻게 될 테니.

진실
중의
진실

알려주고 싶어. 그대는 진짜 괜찮은 사람이란 말이야.
괜한 눈치 보지 말고 떳떳하게 살아요.

누가 뭐라 해도 빛나고 있어.
그대 모습 그대로를 사랑해 줘요.

스스로를 깎아내리지 마.
토닥여주고 껴안아주고 같이 울어줘요.

그렇게 기분 좋을 수가 없어.
기쁨이란 그대의 환한 웃음을 뜻할 정도예요.

좋은 일들이 가득할 테고 잠시 멈칫할 일이 생겨도
둥글둥글 잘 풀릴 테니 염려하지 말아요.

그대만 할 수 있어, 그대를 가장 잘 알아주는 건.
그대의 미래는 지금보다 몇 제곱은 찬란해요.

희망이 상상으로 떠나가는 게 아닌
그대 삶에 보상으로 착륙할 테니 짐 챙겨둬요.

행복이란 비행기를 타고
과거의 시련으로부터 이륙할 준비를요.

좋은 곳에서 다시 만나요, 우리.

품고 살아야 할 문장

어때요, 요즘 사는 건?

세상이 예전과 달리 안정감을 못 주죠.

타인에게서 얻은 상처가 화병처럼 쌓여있고

힘을 내봐야지 하는데 변덕 심한 기분 탓인지 울컥 눈물이 뺨을 타고 흘러내린 적도 많이 있겠죠

앞으로도 변하지 않을 것 같은 날들에 미리부터 지쳐있어 많이 답답하고 힘들 거예요.

하지만 이런 순간일수록 진심으로 채운 문장들이 내 어깨를 다독이고 또 힘있게 등을 떠밀어 줍니다.

당신 탓이 아니야. 정말로 아니니까 탓할 거면 차라리 당신이 너무 빛나고 있음을 탓해. 원래 빛에는 벌레가 꼬여.

언제든지 쓰러질 수 있지만 언제든지 일어설 수 있어.
걸음마를 시작할 때부터 그랬어.

곧 행복한 순간에 도착하니 지금부터 웃는 연습을 해둬.
당신의 오아시스 앞에서 예쁜 기념사진 찍어야지.

2장

이리 와서
술 한잔해요

어쩌면
나를 더
빛나게 하는

이런 사람도 있다.
밤 향기를 풀풀 풍기는 사람.

적막함과 쓸쓸함이란 맞춤 정장을 입은 듯한 모습.
질식할 듯한 외로움은 일상에 스몄다.
햇살보다 달밤에 가슴이 움직이고
타인에게는 편안한 어둠이 될 수 있길.

애써 소란스러운 한낮으로 그를 끌어들이지 않는다.
반딧불이는 한밤중에 살아 숨 쉰다.
무언가를 강요하는 건 실례를 범하는 일.

그런 사람은 나의 내면의 밤을 책임져준다.

어느 날 그에게 물었다. 나한테 바라는 거 없냐고.
그가 답했다. 새벽녘 이슬처럼 맑은 진심 하나면 충분하다고.
그리고 앞으로 너의 그림자가 홀로 서는 일은 없을 거라고.
그날 나는 신부님을 찾는 대신 그 앞에서 고해성사를 했다.

흘리는 눈물을 보자 나를 토닥이며 그는 입을 열었다.
오늘 처음으로 내 하늘가에 별 하나가 떴다고. 고맙다고.
나는 그날부로 그 사람에게서 사라지는 별똥별이 아닌
영원히 찬란한 은하가 되기로 했다.

나의 낮을 밝혀주는 사람이 있듯
나의 어둠을 고요히 감싸줄 사람도 필요하다.

떨쳐내니 별거 없었다

마음 편한 날이 얼마나 있었을까.
사사로운 잡념이 오늘의 걱정을 끌어왔고
내일의 걱정이 오늘의 잡념을 끌어왔다.

하루라도 평온했던 날이 언제였을까.
기억을 되짚어 봐도 까마득히 아주 오래전이었을 거 같다.

그래서일까 지칠 대로 지쳐버린 나는 될 대로 돼라,
날 괴롭히는 걱정들과 복잡한 잡념들을 껴안은 채
내 생각 밖으로 투신하기로 했다.

어차피 생각대로 된 적 없으니까.
어차피 걱정이 해결해 준 적 없으니까.

두렵고 불안했지만, 용기를 내서 뛰어보니
번지점프와 똑같았다.

온전한 나 하나만 튕겨 올라왔다.

장마

친구와의 술자리를 가졌다.

소주 몇 잔에 시시콜콜한 이야기들이 오갔다.

이제 현실만 보고 살아야지. 헤어지는 것도 별거 없더라고.

차라리 후련하기도 하고 다툴 일, 서운할 일, 귀찮을 일도 없으니까.

이별. 이 두 글자만 진작 극복했으면 지금처럼 훨씬 더 행복하고 좋았을 텐데 뭐 하러 그렇게 사랑에 매달렸는지 몰라.

이제 그 애 이름조차 기억 안 나.

말을 마치자 친구가 입을 열었다.

왜 네 눈물로 술잔을 채우고 그래. 그리고 거짓말이나 치니까 코 빨개지는 거 봐. 넌 이제부터 별명이 피노키오다.

친구의 말을 듣자 눈에서는 한 번 더 갑작스러운 빗물이 쏟아졌고 이윽고 빗방울은 장대비가 되었다. 그렇다. 내 삶의 동화 같은 이야기는 그 사람의 저서였고 애타는 그리움만이 안주로 허락됐다. 끙끙 앓아가며 읽어가는 페이지는 술보다 더 날 만취하게 했다. 이제야 알겠더라. 술잔이든 눈물이든 마음이든 한동안이나 마를 날이 없었다는 걸.

너는 잠시 내리다 그치는
소낙비가 아니었다는 걸.

성장통

어떠한 목표를 이루기 위해
남들과 비교하며 경쟁하지 않는다.
승부수를 던져야 할 곳은 나의 한계점.
나 자신과의 싸움이기에 부담감이 덜해지며
간혹 넘어진 날에는 패배감에 휩싸이지 않고
훌훌 털고 다시 일어난다.

목표를 이루기에 앞서 가장 중요한 건
철저히 감정을 배제하는 것.
감정이 나를 무너뜨린다.

아무리 해봐도 제자리걸음 같을 때가 있다.
내 키보다 높고 내 몸보다 단단한 벽을 마주한 것이다.
그러나 그 벽은 나의 가능성이란 큰 포클레인으로 철거된다.

꿈이 나를 힘들게 하는 것이 아니다.
마음이 나를 힘겹게 하는 것이다.
하지만 그 마음을 달래며 멈추지 않는다면

어느 날 나도 모르게 사춘기 청소년의 몸처럼
급성장하는 때가 온다.

한 발자국 나아가려면 두 귀를 막을 때도 있어야 한다

하지 말래. 위험하대. 못 할 거래.
이건 이래서 안 되고 저건 저래서 안 된대.
어떤 분야든 어떤 종목이든 무얼 하려고 하든
그럴듯한 이유와 통계 등을 가지고 실패를 외치더라고.
그들의 말을 귀담아듣지 마. 그들의 말에 따르면
세상에는 할 수도 없고 해서도 안 되는 것들로만 가득 차 있어.

그런데 그거 알아?
모든 건 나 하기 나름이야.

무모하게 아무거나 열심히만 하면 된다는

뜬구름 잡는 얘기가 아닌 스스로의 냉철한 판단력과 철학, 독한 실천력과 색깔을 가지고 하나의 가능성을 보며 나아간다면.

수많은 레드오션 속에 나 하나 빛을 낼 수 있는
공간은 충분히 있어 지금의 안정적인 생활이 좋다면.

이 이야기는 음악처럼 흘러가는 정도로 감상해도 괜찮아.
그러나 삶을 한층 더 업그레이드시키고 싶다면
무언가를 시도할 수밖에 없어.
그럴 때 안 될 거라는 틀에 박혀 자신의 삶을 기죽이지 마.

그들이 할 수 없다 실패할 것이다, 라고 말한 발명품들.
그 모든 것들이 이루어져 우리는 잘 사용하고 있잖아?

기억해.
세상엔 불가능을 외치는 사람을 위해 쓰인 위인전은 없어.

우울증

1초도 멈추지 않고 굴러가는 세상 속 진도를 놓친 지도 오래. 길을 잃고 풀썩 주저앉아 힘겨운 입김만을 내뿜는다. 마음이 생활을 범람하는 일이 잦고 습기만 가득한 삶은 발목을 꽉 잡은 채 무기력의 늪으로 빠트린다. 저항은 옛 시절 반찬 투정하는 아이의 작은 반란 정도에 그쳤다. 이해를 못 하는 답답이들은 사기꾼의 혀처럼 그럴싸한 논리로 침 튀기며 다그치지만 나약해진 정신은 꼼짝할 엄두조차 내질 못한다.

안다. 뜻대로 안 된다는 거.
이제 그만 토해내고 싶다는 거.
다만 현재까지 마음이 어려운 건

마음속에 잡초 하나가 자랐기 때문이다.

잡초가 왜 자라는지 의미와 이유를 찾지 않아도 돼. 무참히 짓밟거나 억지로 뽑을 필요도 없어. 티끌만큼의 관심도 갖지 말고 잡초 생각이 나도 그냥 멋대로 하라고 내버려 둬. 그래도 잡초가 뿌리를 깊게 내린다면 그때 내가 해야 할 건 겁을 먹는 게 아니라 건강하고 향기 좋은 예쁜 꽃과 나무를 마음속에 심는 거야.

처음에는 이게 될까, 의심이 되고 의욕도 미약하겠지만 시간이 흘러 어느새 울창한 숲이 되고 꽃밭을 이루었을 땐 그 기세에 잡초가 자랄 틈조차 사라져버리는 날이 와.

소중한 사람이 필요할 때

홀로 키워온 나무 밑 그늘에는
썰렁한 바람만이 스친다.

자주 앉아 눈을 붙이기도 하지만
싸늘한 바닥은 매번 혼자임을 상기시킨다.

차가운 밤.
공허한 낮.

얕은 잠결이 이룬 꿈속에서 맺어진
인물들의 체온이 나를 진정시키지만

번뜩 깨어나 다시 현실을 맞이할 때면
흩어 사라질 따듯함을 사정없이 붙잡곤 했다.

언제나
나를 사랑해준
그녀

아들, 딸이라는 명목으로
가슴 한구석을 망치질했다.

엄마는 멍이 든 곳마다
반창고를 붙이며 버텨내셨다.

그 반창고는 내 생각이었다.

빨래를 털듯

내 마음과 다르다고 상대방에게 서운한 적이 있다. 나는 너를 이만큼 걱정하는데. 너를 이만큼 사랑하는데. 많이 생각하고 정말 소중한데. 어떻게 보면 징징거리는 투정과 다를 게 없었지만 내 마음에 반의 반 만큼이라도 따라와 줬으면 하는 게 사람 마음이었다. 이때까지는 그랬었다. 그러나 사람의 마음은 내 생각의 범주보다 무한하고 나도 깨우치지 못한 마음이 존재하며 꽃보다도 더 다채롭다는 걸 알게 됐다.

사람이 거기서 거기라는 말은 터무니없는 얘기였다. 나는 사사로운 잔걱정이 많지만 커다란 일 앞에서는 단단했고 어느 사람은 평소에는 천하태평이지만 작은 고비 하나에 무너져 내리기도 했다. 서운함은 가지고 있어봤자 하나도 도움이 안 되는 마이너스의 감정이다. 쿨해질수록 관계는 유연해지고 혹여라도 잠시 불편하다면 전부 털어버리면 그만이다. 이렇게 하면 나의 그릇은 몇 단계는 더 넓어진다. 그릇이 커졌을 때 가장 좋은 효과는 마음이 괴로울 일이 점차 줄어든다는 것이다.

쉽게 토라지지 말라.
서운한 것도 자꾸 하면 습관이 된다.

미아

핸드폰 잠금 패턴을 잊어버리면 서비스 센터로 가고
물건을 잃어버리면 유실물 보관소로 간다.

허나 그대가 없다면 어디로 향할까.
당신은 형상도 물체도 아닌
나 하나만 남겼는데.

찾아주는 곳이 있다면
찾을 수는 있으려나.

행방불명된 건 내 삶인데.

보고 싶다

기억이 괴롭힌다.
미련이 둥둥 떠다닌다.

왜 잊지를 못 하는지,
거울 앞에 섰더니 이젠 좀 알 것 같다.

그대 앞에 있던 나보다
더 밝게 웃는 나를 본 적 없기 때문이다.

소방관

불안함이 사라지길 간절히 원했지만 나는 어쩌면 편안함을 허락하지 않았을 수도 있다. 없는 문제를 만들어내며 내 평화를 훼방한 횟수도 적지 않을 것이다. 대신에 많이 겪은 만큼 알아낸 것도 많다. 불안은 습관이며 여기 붙었다 저기 붙었다 옮겨 다니는 지독한 습성이 있다는 걸. 그렇지만 언제까지나 쫄아 있을 수만은 없었다.

사람이 강해져야 삶이 훨씬 수월하다는 것을 깨달은 적이 있다. 집중할 것을 찾고 집요하게 꼬리를 무는 불안감을 차라리 생산적인 일에 붙여버렸다. 오늘 근육 운동이 부족한 거 같은데, 아까 했던 영어 공부 개념이 뭐였더라, 이러한 방식으로 불안을 다스리며 이용하니 처음에는 집중이 되지 않았어도 능숙해짐에 따라 내가 발전하는 게 눈에 띄었다. 이젠 덩달아 자신감까지 따라오니 하품이 나올 정도로 나태해질 때면 긴장감을 주려고 일부러 불안을 꺼내 쓰는 경지까지 도달했다.

불안은 방치하는 게 아니라 바쁜 상황을 만들어 응대해야만 한다. 우리의 뇌는 똑똑해서 어느 정도 이상의 고통을 받으면 고통을 사라지게 하고 편안하게 만들어 주려는 호르몬을 내뿜는다.

불안은 이열치열과 가장 어울린다.
불안은 불안으로 끄는 것이 맞다.

상처도
사랑도

사람이란 어느 때 버거울 정도로 무겁지만
천국을 살짝 알 것도 같은 사랑을 주기도 해요.

이기심과 배려 없는 언행이 나를 넘어트리기도 하지만
갑자기 찾아온 감동이 무릎을 탁탁 털어주기도 하죠.

흔적이 남는 상처는 타인에게서 오는 것이라 배웠지만
가장 효과적인 치료제 또한 결국 옆에 있는 사람이란 걸
경험이 깨우쳐 주었습니다.

우리의 모든 순간은
이처럼 사람과
연결되어 있어요

언젠가 보았던 아름다운 소나무가 기억나요. 식물 전문가가 말하길 소나무는 높은 품격이 있지만 이렇게까지 자라는 건 아주 까다롭다고 하더군요. 새싹 시절부터 영양분을 뺏는 해충과 상처를 입히는 동물들에게 모진 풍파를 겪었던 것입니다. 하지만 이 소나무는 다른 나무들과는 조금 달랐어요. 날마다 생기는 흉터들과 좋은 기운들을 빼앗길 때 스트레스에 무너지는 것이 아닌 따사로운 햇살을 기대하고 옆에 있는 식물들과 박수를 치며 때로는 쏟아지는 빗물을 마음껏 만끽했어요. 정해진 운명을 받아들이면서도 새로운 운명을 스스로 개척했던 겁니다. 듣고 나니 이 소나무가 참 기특했습니다.

그동안 우리는 왜 그렇게 상처에 연연했던 걸까요. 아무리 힘들어도 사람으로부터 평생 등을 돌리며 살 수는 없다는 걸 알면서도 말이에요.

소나무처럼 받아들일 건 받아들이고 아닌 가지는 여지없이 쳐내고, 너무 깊게 잠영하지 않은 채 적당히 요령 있게 모든 걸 받아들였다면 좋을 텐데요.

친구가 알려준 이야기

아무것도 하기 싫고 씻기도 귀찮은 날, 모기가 귀 주변에서 왱왱거리듯 모든 게 짜증이 났어. 아마도 축 늘어진 내 모습이 스스로도 싫었던 탓이겠지. 그렇게 대충 밥을 먹고 있는데 전화가 오더라고. 아파서 병원에 있는 친구인데 잠깐 보자길래 만나서 대화를 나눴어. 대뜸 묻더군, 너 또 왜 그렇게 예민해져 있냐고.

"몰라, 힘도 없고 전부 다 귀찮아."라고 대답했어. 친구가 피식 웃더니 말했어. "이 자식 배가 불렀네. 난 지금 들리는 새소리도, 저기 나무 위에 매달려 있는 나뭇잎 하나도 과거의 기쁨보다 더 큰 의미로 다가와. 네가 여기까지 온 걸음도 삶에게 투정을 부릴 수 있는 여유도 얼마나 부러운지 몰라. 난 투정할 수 없거든. 오히려 아침에 눈을 떴을 때 또다시 오늘을 내어준 삶에게 감사해. 무기력한 하루라도 무의미한 하루가 아니야."

친구의 이야기는 내 안에 타오르고 있는 짜증들을 하나둘 몰아냈어. 내가 보잘것없는 하루라고 치부하여 내팽개친 오늘은 누군가에겐 탐이 나는 보물이었던 거야.

정말로 의미가 없었던 건 내 생각이었지 삶이 아니었어.

삶에선 경험만이 존재할 뿐 의미 없는 순간은 없어.

아무것도 하지 않는 허수아비도

아무 의미 없이 서 있는 게 아닌 것처럼.

마당에서 있었던 일

보육원에 있는 올망졸망한 눈을 가진 아이가
주고 싶은 것이 있다며 나를 뒤뜰로 데리고 갔어.

자그마한 손을 활짝 펴더니 네잎 클로버를 보여주더라고.
현장학습을 갔을 때 나에게 주려 열심히 찾았나 봐.

애야 너무 고마워. 선생님에게 좋은 행운이 찾아올 거야.
고마움을 표하며 네잎 클로버를 받으려 하는데

아이가 갑작스레 잎사귀 하나를 뚝 잘랐어.
왜 그런지 이유를 몰라서 가만히 바라보니 이런 말을 했어.

저는 선생님께 세잎 클로버를 드리고 싶어요.
세 잎 클로버의 꽃말은 행복이잖아요.
행운은 일시적이지만 행복은 항상 있어요.
저는 사람들이 네잎 클로버를 찾는 일에만 신경 쓰느라
주위에 가득한 세잎 클로버를 헤집지 않았으면 좋겠어요.

아이는 한참 어리지만 한편으로는 나보다 어른이었다.
과연 나는 흔하디흔한 무언가로 다른 누군가를
행복하게 해줄 수 있을까.

비상등

어느 유튜브 채널에 조회수 몇 백만을 넘어가는
자동차 블랙박스 영상들을 봤어요.

운전하면서 생긴 문제들로 험한 말도 수차례 오가더군요.
배려심 없이 자신만 생각하여 위험한 상황을 만들면
누구나 욱하니 화가 올라올 거예요 충분히 공감했어요.

그런데 어느 날 안개로 가득 차 막막한 길을 운전할 때.
눈이 녹고 얼어서 생긴 빙판길을 운전할 때.
차선을 변경해야 해서 양보가 필요할 때.
수많은 차들이 서로에게 조심하라며 고맙다고 신호를 주고

받는 모습을 봤어요.

모두가 일정한 속도로 합을 맞춰서 힘든 길을 이겨내고 있었습니다.

다들 참 정이 많은 사람들이구나.
상처가 많고 예민해져서 그렇지,
세상이 나쁜 사람들로만 가득한 건 아니구나 싶었어요.

너무 싫은 사람이 있어서 말다툼을 하고 안 볼 수는 있지만, 너 죽고 나 죽자 끝장까지 볼 필요는 없더라고요. 살다 보면 내가 어려운 시기에 우연찮게 도움을 받을 가능성도 있으니까요.

살면서 누구나 한 번쯤은 깜빡깜빡 비상등을 켜잖아요.

그러든가 말든가

나를 싫어하는 사람을 더 조심하는 경향이 있다면
나를 싫어하는 사람에게 더 눈치를 본다면
그럴 필요 없다. 오히려 더 내키는 대로 해도 된다.

비호감을 호감으로 돌려보려 노력하지 마라.
처음 잠깐은 몰라도 결국 헛발질임을 깨닫는다.

그 사람의 표정과 말투에 관심을 가지지 않아도 된다.
내가 진정으로 신경 써야 할 건 나를 아껴주는 사람들이다.

나의 어떠한 점이 싫다, 말한다면

그게 누구나 인정하는 나의 치명적인 단점인지 아니면
그냥 내가 싫어서 이유를 만든 것인지 확인해야 한다.
합당한 지적과 트집은 완전히 다른 영역이다.

그러기에 가장 이상적인 관계는 나를 알아주는 사람들과 대화하며
한 번씩 불편한 건 없었는지
관계를 조정하는 것이 깔끔하다.

앞으로 나와 맺어질 좋은 인연들은 꽃다발의 꽃처럼 가득하다.
나를 싫어하면 그러려니 놔두자.

세상 그 어떤 스타도 안티팬을 위한
팬 서비스는 없다.

헤어짐이
나를 살리는
순간

무슨 바람이 불었던 걸까.
시간은 정말 이별에겐 치료제지만 사랑에겐 독약인 걸까.
매섭게 식어가는 너에게 나는 한겨울
초조한 군밤 장수가 된 것 같아.
무얼 해도 더 이상은 팔리지 않거든.

사랑을 받기 위해 노력하고 또 확인할 필요 없더라고.
감정은 스스로 일어서는 거지
억지로 일으켜 세우는 것이 아니라는 걸
더 일찍 알았으면 좋았겠다.

후회 없이 뛰어봤던 심장이 그때 그 가로등 밑에서의
시작을 기억하고, 카페에서 나눴던 대화 속 웃음들이
가끔 일상에 묻어 나오겠지만.

나는 그동안 정말 인상적인 한 편의 로맨스를 찍은 것 같아.

잘 지내.
이제는 떠올라도 보고 싶어하지는 않기로 하자.

근데 너, 참 못됐다.
어떻게 사랑보다 이별이 더 따뜻하니.

내게 어떤 일이 일어나든

울음을 녹이던 날,
사정없이
붓을 들고 먹칠을 해버리고 싶은 순간.

서글픔과 수치스러움이 밀려와
비참함으로 나를 덮어버릴 때
두고두고 흑역사로 남을까 봐
몹쓸 예민함이 곤두선다.

그런 일을 겪었다면 이 이야기를 해주고 싶어요. 언젠가 홈쇼핑에서 방송사고가 났었는데 오히려 너무 재밌어서 그 제품이 완판된 적도 있다고 해요. 이렇듯 철저한 대본이 있어도 변수 하나에 판이 뒤집어지는데 어떻게 내 인생이라고 매번 옥의 티 하나 없이 깔끔하게 진행될까요.

복잡한 심경일 땐 그냥 어이없는 실소 한번 지어주세요. 떳떳하게 고개 들고 조금 더 뻔뻔해지세요. 그리고 다시는 그런 실수 안 하려고 지나치게 조심할 필요도 없어요.

실수를 하니까 사람이죠. 기계도 밥 먹듯이 고장이 날 때가 많은데요 뭘. 나만 그런 것 같죠? 아니에요. 사람들 다 들춰보면 비슷하더라고요. 이런 경험도 있고 저런 경험도 있어야 꽃 필 때 기뻐하고 꽃 질 때도 다음을 기약하며 웃을 수 있는 사람이 되죠. 왜 그렇게 심각해요. 심각해지지 마세요.

나에게 일어난 어떠한 사건을 두고
유쾌한 코미디로 방영할지 어두운 다큐로 방영할지는
방송사인 내가 결정합니다.

슬픔,
사라지다

막연한 슬픔이 찾아오면 서서히 말라가는 가슴과 다르게
두 눈에선 천장에 물이 새듯 뚝뚝 아니면 엉엉 터져버리지.

잡을 수 없고 잡히지 않으니
한없이 무력함에 타들어가지.

알아, 설명할 수 없는 그 느낌을.
몰라, 왜 그리 힘겹게 하는지.

그래, 억지로 웃지 마.
문득문득 울컥하면 끝까지 울어봐.

며칠 외롭고 버거운 싸움이 차라리
한동안 묵혀 곪아버리는 것보다 나을 테니.

다 알아, 너의 심정을.
이해해, 너만 알고 있는 너의 본 모습을.

슬픔은 가장 거센 폭풍이라서 때론 흔적을 남기지만
한번 휘몰아친 후에는 가장 쉽게 사라지는 바람이기도 해.
종종 다시 찾아와도 두려워할 필요 없어. 몇 번 겪다 보면,
시간이 흐르다 보면 스스로 마음속에 비행기를 접어
내 마음속 폭풍에 띄우는 법을 알게 되거든.

그러면 어느 날 바람 한 점 없는 하늘을 마주하게 되거든.

쉽게 무너지지 않아요

애타는 그리움은 새로운 호수에 적셔요.
놓지 못할 미련은 종이배를 만들어 그 호수에 띄워요.
나만 아는 서러움에겐 그 배의 노를 젓게 해요.

이제 내가 머물 수 없는 웅덩이는
발버둥 칠수록 진흙탕만 되어가요.

내가 할 수 있는 건 앞으로
내가 해야 할 일을 하는 것뿐이에요.

쉽지 않아도 괴로워도 할 수 없을 것만 같아도

잠시 시간을 갖고 다시 마음잡고 시작하면
예전보다 더 울창하고 멋지게 살 수 있습니다.

지금 내게 보이고 느껴지는 게 전부 같아도
드넓은 하늘 위에 더 넓은 우주가 있듯
내가 사랑할 사람, 나를 행복하게 해줄 사람,
좋은 기회와 기적 같은 상황들은
우주를 채울 만큼 가득해요.

그러니 안 되는 것에 사로잡히지 말아요. 앞으로 살다 보면 알겠지만, 당신의 이야기는 웬만한 동화 저리 가라 할 만큼 따스한 감성과 아름다운 감동이 듬뿍 담겨 있습니다.

스스로의 운명을 굳게 믿어보는 거예요.

당신 같은 주인공은 절대 쉽게 무너지지 않아요.

누구나
그럴 때가
있어요

가슴속 헐어버린 상처에 임시방편으로
대충 밴드만 붙여 놓았어요.
엄살이 심한 편이긴 한데 곪기도 하고
염증도 나니 많이 쓰라리네요.
어른은 원래 상처투성이라는 말이
거짓은 아닌가 봐요. 얼마나 많이 다쳤는지
다 쓴 밴드 박스들이 한가득 굴러다녀요.

못 견디겠어 지인과 술 한잔 걸쳐요.
힘들긴 했는지 이따금 눈물이 나요.
상처에 음주는 좋지 않죠.

그래도 이 순간엔 적절한 처방 같아요.

허물없는 이야기, 시간과 사람은
글썽이는 밤을 기획하죠.
잠시 울적이면 고통의 시계는 서서히 고장이 나요.
그렇게 아쉬운 대로 밴드를 떼버렸어요.

아픈 날이 있어도 그런대로 치유하며
다시 살아가는 게 삶이니까요.

3장

그대를 봄이라
부르기로 하였습니다

속마음을 풀어낼 수 있는 사이

해결사를 원하는 게 아니야.
교도소에 갇힌 수용자가 한 번쯤 탈옥을 꿈꾸듯
경계 없이 날것의 나를 마음껏 꺼내도
홀딱 벗은 것 같은 부끄러움이 아닌
속 편한 해방감을 가끔은 얻고 싶은 거야.

유유히 떠다니는 것들에 나를 묻혀
각색한 대본이 아닌 자유로운 전개를 펼칠 때
NG가 나더라도 그 틈을 편집해 줄 수 있는 사람.

나 또한 실오라기 하나 안 걸친 그를

창피하지 않게 할 수 있는 사이.

그런 사이가 있다면 우리의 영화는 천만 관객보다 찬란할 텐데.

남이야 뭐라고 하든 자유롭게 사랑하고 서로를 아껴줄 텐데.

좋아하게 됐습니다

이제는 내 인생에 순정만화 같은
연애물은 연재 종료라고 다짐했는데.

당신을 감상하고 오는 후유증에
어느새 신간 발행을 고민해요.

원고지는 이미 수십 장 찢겨 있고
깊은 갈등은 등반가의 짐보다도 무겁습니다.

그래도 만들어보고 싶은 작품
그 누구도 표절하지 못할 거예요.

호수

그대에게 내가 푹 잠길 수 있었던 건

호감이 가는 잘난 얼굴도
눈에 띄는 아름다운 몸매도
여유 있는 뛰어난 능력도 아닌

있는 그대로 나를
사랑해준 모습 때문이에요.

말보다 더 깊은 위안

위로가 되는 문장들을 나열하는 것.
따끔한 언어들을 읊조리는 것.
평소엔 나의 안식처와 동기부여가 되어주지만
오늘은 그저 침묵한 채
옆에서 묵묵히 나를 알아주는 당신 덕에
마음속 복잡한 우주들의 질서가 바로잡힌다.
저기 떠 있는 내 별 하나, 그 옆에 떠 있는 너의 별 하나.
별들을 잇고 보니 '함께'라는 단어가 하늘을 뒤덮었다.
칠흑 같은 우주 속 두 별만이 빛나고 있다.

달조차 양보하여 우리를 위해
조용히 불을 꺼주었다.

봄

매끄럽게 뻗은 길 앞 표지판에
'새로운 시작'이라는 문구가 살랑거리고

멍든 마음에 새살이 돋아납니다.

그대 내게 와 마른 가지에 벚꽃 잎을
활짝 피워 우수수 핑크빛으로 시야를 물들일 때

그때를 봄이라 부르기로 하였습니다.

비가 오는 날엔

차분한 회색빛 하늘 아래
저마다의 무언가를 적시는 소리는
이따금 마음이 듣는 클래식일 테죠.

촉촉이 젖은 감성은 그대를 띄우기도
스며들어 나조차 비가 되게 하는데
잠겨도 좋으니 쏟아지라 재촉합니다.

주르륵 떨어지는, 쏴 하니 내리치는,
톡톡 튀는, 각기 다른 빗방울의 굵기는
사랑하는 그대처럼 나를 애태우는데

장마라도 내렸다간 뛰쳐나가
온통 맞아버릴 것 같습니다.

짝사랑

반 박자 빠른 감정에 덜컥 체하기도 일쑤
매일 밤 열병이 들끓고

거친 심장 박동으로 콜록대는 내게
밑 빠진 독인 그대는 콩쥐의 심정을 배우게 했다.

허나 까막눈의 스승처럼

가슴속에 사랑을 일깨우니
조금 더 깊어지고 싶으니

이런 시시한 고통쯤은 얼마든지 앓아도 좋았다.

따스한 희생

도서관에서 나와 걷던 중 갑자기 쏟아진 폭우에 우산을 펴 몸을 숨겼다. 사람들도 당황했는지 뛰어가는 사람, 건물 속으로 대피하는 사람, 도를 닦듯 평온히 비를 맞으며 가는 사람 등 다양한 반응들로 나뉘었다.

얼마 지나지 않아 눈앞에 펼쳐진 따듯한 광경에 잠시 걸음을 멈추었다. 아빠와 어린 딸로 이루어진 부녀였는데 딸의 걸음걸이에 맞춰 걸어주며 우산을 딸에게 씌어주고 있던 것이다. 본인은 그 폭우를 견뎌내며 말이다.

이런 생각이 문득 들었다. 비가 오는 날 누군가와 함께하는데 여의치 않게 우산이 하나만 있다면, 나의 한쪽 어깨를 그를 위해 내줄 수 있거나 반대로 나를 위해 똑같이 해줄 수 있는 사람이 있다면, 서로에겐 그 사람이 정말 소중한 인연일 것이라고.

아이 아빠의 몸은 비록 물미역처럼 푹 젖었지만, 가슴 속은 깨끗이 빨래한 옷을 입은 것 마냥 뽀송뽀송했을 것이다.

소중한 사람이라는 건 내가 그를 위한다는 마음조차 잊어버릴 만큼 각별한 사랑이니까 한 번쯤은 누군가를 위해 흠뻑 젖어보는 것도 소중한 경험이 될 것이다.

그것이 비뿐만이 아닌 눈물과 땀방울일지라도.

오케스트라

찡긋한 표정, 나풀거리는 향기와
모방 불가한 성격, 특이한 취향부터
모르고 지나칠 수 있는 여린 흉터까지.

꽤나 까다로운 음악이다, 당신은.

그러나 이제는 눈 감고도 연주할 수 있다.
몇 겹의 세월을 사랑한 곡이니까.

그런데 언제부턴가 엇박자가 난다.
애처롭고 구슬픈 소음이다. 어울리지 않는다.

그럼 난 더 이상 관객이 아닌 지휘자로 함께할 테니
믿고 내려놔도 된다.

당신이 제자리를 찾을 수만 있다면
천벌을 받을지언정
베토벤의 악보라도 훔칠 것이다.

누군가는
나를
사랑했다

상처는 받은 것만 남지만
사랑은 했던 것만 남는다.

나조차 내 사랑은 줄줄 읊으면서
나를 앓았을 누군가의 사랑은 알아주지 못했듯이

꿀 없는 꽃 같았을 내게
얼마나 갈증을 느꼈을까.

미안했다, 그대여.
속없이 활짝 피기만 해서.

첫사랑

부모님 덕에 걷는 법을 알았다.

선생님 덕에 세상을 습득했다.

친구들 덕에 감정을 깨우쳤다.

삶은 배움의 연속이었다.

그러나 그대만큼은

유일하게 독학이 필요한 문제였다.

오늘
부터
우리는

꽉 쥐고 있던 욕심을 펼쳐
온 세상에 보이니,

다른 그림 찾기보다
같은 그림 찾기를 하니,

매 순간 폭발하던 오디오의 볼륨을
몇 칸 낮춰 나지막이 재생하니,

그것은 너를 사랑하면서도
나를 사랑하는 유일한 문학.

꿈보다 아름다운 감탄.

너의
유혹

저기 바다 위에 있는 벼랑 끝까지

그 애는 사정없는 풍속으로
나를 몰아붙였다.

꿈결이고 현실이고 휘청이던 내게
그 애가 뛰라며 눈짓을 한다.

아득한 바다. 멎을 듯한 수심.
오감조차 숨을 고르지만

그것도 잠시 이런 사랑에
망설인 내가 미워지니

눈을 질끈 감고 저 산산이 부서지는
파도와 함께 침몰하기로 했다.

저녁의 대화

허리는 새우처럼 굽었고
구두 뒤축은 아프게도 닳아만 갔다.
안색에는 늘 그늘이 머물렀다.

그럼에도 그는
다시 태어나도 내 아빠가 되고 싶다고 했다.

오작교

진도를 나가고 싶습니다.

가깝게 다가가 나를 느끼고
당신을 데우고 기댈 수 있게.

일탈이라 불리어도
조금 선부르게 침범할 수 있게.

책임을 글자가 아닌 현실로 투영하고
행복을 노래가 아닌 진실로 재봉하고

수평선 위에 차오른 달을 보며 간절히

당신 마음과 진도를 나갈 수 있게.

안정적이고 건강한 정서를 가진 사람일 확률이 높습니다. 집착과 소유욕이 강한 사람은 이기심이 높고 배려심 또한 낮을뿐더러 사랑이 시작되면 혼자 있는 것을 어려워하는 특징이 있습니다. 그 특징들은 때때로 더 큰 문제로 발전하는 시발점이 되기도 합니다.

가슴이 콩닥콩닥 뛰는 달콤한 솜사탕 같은 사랑도 좋지만
안전한 사랑도 추구한다면 우리의 사랑은 더욱 꿈같아질 거예요.

사랑도 언제 어느 때라도 변할 수 있듯
사람도 언제 어느 때라도 변할 수 있습니다.

당신과 마시는 커피

같이 커피를 마시는 그대가 내게 물어요.
어느 카페의 커피를 제일 좋아하냐고.

사거리 앞 커피는 씁니다.

어린이집 옆 커피는 달고요.

공원 맞은편 커피는 싱겁습니다.

내게 딱 맞는 커피를 찾기 힘듭니다.

그런데 오늘부로 찾았습니다.

그대와 함께라면 맹물도 맛있는 라떼가 될 거 같아요.

이별은 또 다른 시작

후회는 일기장이 아니에요.
쓰고 있던 연필을 부러뜨리세요.

그리움은 영화가 아니에요.
상영을 멈춰주세요.

눈물은 화장품이 아니에요.
묻히지 말아 주세요.

이별은 천둥과 닮았어요. 여느 때 찾아와 가슴을 산산조각 내고 소란을 일으키죠. 경험자로서 얼마나 괴로운지 충분히 공감해요. 지금은 어떤 말도 와닿지 않을 테니 말을 아낄게요. 그러나 조금만 지나면 어느새 하늘은 개고 새가 지저귀는 소리도 들리며 푸른 나뭇잎 같은 평화가 찾아와요. 그리고 어느 날 신비로운 사랑이 내게 떨어집니다.

새로운 연필로 울림이 있는 편지를 작성하고
새로운 사람과 한 편의 영화 같은 에피소드를 만들어가고
새로운 사랑에 감격의 눈물이 고이도록 모아두세요.

지금은 역시 당신의 사랑을
마감하기엔 이릅니다.

풋풋한

가능하다면 세상 모든 언어의 한계까지
마음을 표현하고 싶어.

넌 뭘 해도 예뻐.
너랑 연락하니까 좋아.
언제나 너를 사랑해.
우리의 데이트는 가장 빛나는 시간이야.

이러한 평범함에 손이 가는 건 사실이지만
오늘만큼은 우리의 특별한 사랑에
나만의 시그니처를 보여주고 싶더라고.

가끔 이런 신선한 순간은 우리에게
즐거움을 줄 것 같아서.

맨 정신으론 부끄러워서 맥주 한잔하고
조금 생각해봤더니 떠오른 게 있었어.

그대가 내어준 얕은 물가에도
나의 배는 뜬다는
간지러운 문구야.

너를 사랑하며

친애하는 너의 요즘은 어떻니?

지금도 흰 구름을 보며 어린아이 같은 웃음을 짓니?

나는 꿈보다 꿈같은 지금을 살고 있어.

산뜻하게 지은 시 하나를 봐도, 밤 산책을 해도, 멍하니 텔레비전을 보아도 카톡 알림처럼 자주 울리는 네 생각 때문일까. 이제 나의 하루는 기쁨으로 시작해 기쁨으로 끝나는 거야.

나의 행복에 비로소 네가 마침표를 찍어준 거지. 요즘은 음악을 시작했어. 펑 하고 터질 것 같은 두근거림을 못 참겠어서. 함께했던 순간을 추억하며 알콩달콩한 가사를 끄적이고 드문 드문 보이는 너의 일상을 빌려 음표를 그리면 계속해서 보고 싶은 멜로디가 눈앞에 흘러넘쳐. 사랑이라는 게 나를 마비시키는 향수였다면 조금 더 일찍 취해 봤어도 좋았겠다.

같이 이어폰을 한 쪽씩 나눠 끼고 노래를 듣던 날 요 부분이 좋다는 내 말에 나도 그렇다며 맞장구치던 너와 눈빛이 맞아버렸을 때, 그 순간 일어난 정적은 내가 너를 몹시 사랑한다는 걸 내 심장이 증명한 순간이기도 해. 지금은 세상에서 들리는 모든 예쁜 소리를 수집하는 게 좋아졌어. 그냥 아무 이유 없이 들려주고 싶은 마음일 거야.

이렇게 행복해도 되는 걸까,
그런 고민을 하며 밤을 새워 너를 작곡해줄게.

너에게 내 속마음을

우리가 함께 밤하늘을 맞이한 게 몇 해를 넘기고 같이 햇살을 내리쬔 게 수도 없어. 널 처음 본 순간부터 지금까지 커져만 가는 마음을 어떻게 해야 할까. 예민하고 다루기 힘든 내 옆에 있으니 마음고생도 많이 했겠지. 너에게 보내는 편지를 쓸 때면 항상 뚝 떨어지는 눈물이 볼펜의 잉크를 흐리게 해. 널 생각하며 집어든 작은 편지지에 한 편의 장편 소설을 담으려 하게 돼. 고마움도 미안함도 사랑과 비례해서 몇 곱절은 커져만 가.

눈물만큼 아플 때도 아이가 처음 놀이동산에 온 것처럼 기쁠 때도 우리 모든 순간을 함께하자. 서로 안아주고 언제든 기댈 수 있는 사이가 되자.

가장 행복한 순간이 언제냐고 내게 묻는다면 일과를 마치고 집으로 돌아오는 네가 현관문을 열고 들어올 때야. 그리고 좋아 죽겠다는 눈동자를 한 채 사랑 가득한 음성으로 나를 부를 때 비로소 나는 행복한 사람이구나 생각해. 바라는 건 하나도 없어. 아니, 사실 딱 하나 있어. 건강하고 행복했으면 좋겠어. 그러면 더 바랄 게 없어.

편한 트레이닝 복장으로 화려한 도시를 산책하며 이야기를 나누자. 눈빛이 통할 때, 몹쓸 분위기가 뜨겁게 우리를 몰아갈 때면 붉어지는 얼굴을 어떻게 감출지 모르겠어. 너와 식당에서 밥을 먹을 때면 메뉴가 뭔지 맛이 어떤지는 관심 밖이야. 떨리는 걸 붙잡으며 널 챙겨주고 싶은데 들킬까 봐 고개를 푹 숙이고 먹는 척만 해. 이토록 너를 사랑해. 아무런 조건 없이 어떤 모습이더라도 평생. 최고로 인기 많은 연예인의 모든 팬들의 마음을 모은 것보다도 더 각별히 사랑해.

나는 너 하나만 키우는 유일한 엔터테인먼트야.

너에게 필요한 사람

완벽한 사람은 없어. 하지만
완벽하지 않아도 너를 아껴주는 사람을 만나.

조금 투닥거릴 때가 있어도
한편으론 너를 깊이 바라보는 사람.

네가 잘된 날에는 자신의 기쁨을 몇 배로 얹어 주는 사람.
생각이 달라도 화를 내도 상처는 절대로 주지 않는 사람.

세상 사람이 다 손가락질을 해도
너의 외로움과 아픔을 외면할 줄 모르는 사람.

분명히 너와 인연이 맺어질 테니
너도 그와 같은 마음으로 그를 대하고 애틋하게 여겨줘.

쓸쓸함을 이유로 누구에게나 좋은 사람이지 마.
진짜는 흔하지 않아.
무엇보다 네게 괜찮은 사람이
나타날 거라고 확신할 수 있는 이유는,

너는 사랑스럽고
이유 없이 끌리는 사람이기 때문이야.
안 꾸민 그대로의 모습이라도 말이야.
그러니 좋은 사람을 옆에 둬.

안 그러면 네 옆자리는 내가 탐이 나.

이슬

문득 창문에 비치는 별보다 보고 싶은 그 사람.

영화 속 주인공들만큼 항상 함께하고 싶은 그 사람.

여린 감성까지도 나눠보고 싶은 그 사람.

오늘 밤도 못 재울 내 사랑.

우주

그 사람을 얼마만큼 좋아하냐고?

글쎄, 너 음악 자주 듣니?

세상에서 네가 아는 이별 노래를 다 뺀 만큼.

딱 그만큼 좋아해.

약속

우리 평생 함께하자.

젊어서는 불꽃놀이 축제 같은 사랑을 하자.

중년이 돼서는 포장마차 술집처럼 낭만을 품자.

할머니 할아버지가 돼도 소꿉놀이하듯 살자.

예쁜 집을 짓고 그 속에서 시트콤같이 살아보자.

사랑은 어느 때나 간드러지는 청춘이니까.

헤어지지 말자

너와 나는 이별의 기억을
서로에게 새겨주지 않도록 하자.

생각이 다를 때면 강요하지 말고
한 발자국 물러서서 입장을 바꿔보자.

우리는 하나이기 전에
한 명의 사람이란 걸 받아들이자.

서운함이 생길 것 같으면 시작도 하지 말고
오해가 생기면 진심으로 풀어주자.

후회라는 말이 닳아 없어질 정도로 열심히 애정하자.

그럼에도 만약 헤어진다면 꼭 달에 가서 갈라서기로 약속하자.

적어도 100년쯤은 꿈속에서 일어날 수 없게끔.

내가 좋아하는 사람은 어떤 사람일까?

매력적인 외모와 분위기를 풍기는 사람.
본능적으로 끌려 같이 마주 앉아 커피 한잔만 해도
가슴이 벅차오르겠지.

코미디가 필요 없는 유머러스한 사람.
지칠 줄 모르는 높은 텐션에
매일이 웃음바다가 되겠지.

세상에는 정말 가까워지고 싶은 사람이 많아.

같이 캠핑을 가 텐트를 치고 함께 모닥불을 바라보고 싶은 사람, 전국 방방곡곡 맛집 탐방을 하고 싶은 사람, 거리낄 것 없이 편하게 수다 떨고 싶은 사람. 모두 옆에 있었으면 좋겠어. 그대는 어떤 사람이 가장 좋니? 다 좋은 사람들이어도 내게 1번이 될 수 있는 사람.

나는 도둑 같은 사람이 좋아.
언제나 나를 욕심내주는.

마음을
얻다

비가 사르르 소리를 내며 바닥을 적시던 날
오두막 안에서 우리는 수줍게 진심을 토로했지.

소녀처럼 울음을 비에 녹이고
뜬금없이 터져 나오는 웃음에 젖은 머리는 찰랑거렸어.

한마디 한마디가 왜 그렇게 소중한지
하나뿐인 연탄처럼 각별하고 얼마나 따듯한지 땀이 났어.

사랑이라면 사랑이고 우정이라면 우정이지.

우리의 시간은 하루보다 짧지만
몇 겹의 세월보다 길었어.
그칠 줄을 모르는 폭우는 날씨였을까, 너와 나였을까.

집에 와 잠에서 깨어났을 땐
가볍게 시작한 진실게임이
서로의 전부가 된 서약이 되어 있었지.

사랑론

두 번 다시 쳐다도 보지 않으리라고 맹세했다.

너 하나로 물들었던 마음속 장작들을 모두 쪼개
내 키보다 높은 담을 쌓고 또 쌓는다.

정리된 모든 것을 달로 쏘아 올린다.
하지만 여전히 가슴속 라디오는 사랑을 읊는다.

그사이 담을 넘어 느껴지는
너의 인기척을 모른 척 외면해 보지만

나를 찾는 음성.

그 성냥불만 한 불씨가 옮겨붙는다.

금세 허물어진 담 사이로 마주치니

그 짧은 순간에 수십 번은 다시 피어오른다.

사랑하지 않는 법은 이 세상에 무의미한 철학일 뿐.

너는 젖은 장작마저 태우는 화재였다.

딩동

그동안 굳게 닫혀있던 마음의 문을 살짝 열어보니
그 틈으로 무지개가 들어오네.

아름다운 만물이 이리도 많았던가.
가로등이 비추는 산책길 오두막도
내 시야에 정겹게 번지네.

노랫소리만 좋은 게 아니었나.
아이들의 티 없는 웃음소리는
꾀꼬리의 노래보다도 맑게 귀를 정화하네.

그동안 잘 몰랐었구나.
서로에게 얽히고 얽힌 연인들을 마주하니
나조차 핑크빛 사랑을 할 거 같네.

마음이 이리도 열리니
온 세상이 내 것 같네.

오늘

여태 애쓰느라 목이 마르다.

꽃길로다가 잘 닦아 놨으니,

예쁘게 살 준비가 됐으니,

항상 지켜줄 테니,

그대는 미소 한 모금만 머금고 오라.

소년과 소녀

언젠가 그런 적이 있었어요.

학창시절 빼빼로도 받아보고 작은 편지도 몇 번 받아본 게 전부인데요, 친구들이 연애하라고 부추기더라고요. 직접적인 고백도 받아봤는데 그 당시는 아무런 감흥이 없어서 거절했어요. 그 친구들에겐 미안하지만 눈치 없고 무딘 사람이었죠.

운동회 날이었을 거예요. 계주를 뛰라고 떠밀려 나왔는데 막상 하게 되니 승부욕이 생겨 열심히 달리다 아이스크림 껍질을 밟고 엎어져 버렸어요. 그것도 웃긴 모양새로요. 너무 창피해 상처에서 피가 나도 꾹 참고 끝까지 달리긴 했지만 끝나고선 참 설명할 수 없는 허망함이 몰려왔어요. 친구들과 누군지도 잘 모르겠는 애들이 몰려와 걱정하길래 일단 돌려보낸 후 하교를 하는데 어떤 여학생이 저를 붙잡더군요. 주섬주섬 무언가를 꺼내더니 아무 말 없이 반창고를 몇 개 붙여주고선 '괜찮아?' 하고 물었어요.

얼굴이 화끈거리며 얼떨결에 '응'이라고 대답했는데 대답을 듣자마자 그 여학생은 고개를 푹 숙이고 저 멀리 뛰어갔어요. 그리고 그날 저녁 이런 메시지가 왔어요. 스스로에게 자신이 없어서 혼자서 좋아하기만 했는데 오늘 처음 용기를 내봤다며 연락하면서 지내고 싶다고요.

그날이 처음이었어요. 사랑이라 정의하기엔 과하지만 사랑과 매우 흡사한 것 같은 감정을 느낀 것은요.

그래서 사랑에 있어서는 사소함을 중요하게 생각해요. 한껏 꾸민 외모와 현란한 언변은 도움이 될지도 몰라요. 하지만 땀방울을 닦아주고 머리칼에 묻은 먼지를 부드럽게 털어주는 평범한 일상 속 진심에서 우러나오는 사소함이 사랑을 불러일으키고 지켜주는 법이에요.

모두 사소함을 바라볼 수 있는 사랑을 했으면 해요.

고운 모래 같은 포근한 사소함 그것은
돌부처도 흔드는 신비한 마법 아닐까요.

나를 알아 가다

꿈을 꾸었는데요, 푸른 들판 위에서
그대가 가만히 나를 보며 서 있었어요.

웃으며 손짓을 하니
미소로 화답하며 한 걸음 한 걸음 내딛고는
꼭 품에 안겨 잠시만, 아주 잠시만, 이라고 속삭여요.

햇살이 우리에게 쏟아져요.
갈등 한 점 없는 바람이에요.

이따금 더워진 나는 셔츠 단추를 풀다가

그대와 함께 휘청이며 넘어져요.

그 찰나 잠에서 깨 곧장 해몽을 해봤더니
처음 보는 신선한 풀이가 나왔어요.

이 꿈을 누군가에게 알려준다면
그 사람은 사랑으로부터 내심 바라왔던
한 가지 소망이 이루어진다고 해요.

무엇일까요, 그대를 반응하게 할 사랑은.
나는 어떤 사랑을 하고 어떻게 사랑받길 원했던 걸까요.

특별 배송

나긋한 봄바람을 아시나요.

푸른 새벽에 달의 노래가 들리나요.

꽃과 나무의 향기가 느껴지나요.

행복의 적정 온도가 보이시나요.

모르셔도 돼요

이미 이들이 그대를 너무 잘 아니까.

조만간 그대를 찾아간다고 해요.

함께 만나보고 싶다면

마음속 주소란에
나를 사랑한다, 적으면 돼요.

반전

지금 그대가 내게 벽 하나를 세워놨다고 해도.

나와 함께 꿈같은 하루를 보내 본다면.
마음을 열어 한 번쯤 고심해 본다면.
의외의 모습이 있음을 발견한다면.

못난 바위로 보였을지라도

그대는 내게 파도처럼 부딪히리라.

4장

당신은 당신의 길을 걷고 있나요

자도
자도
꿈속일 때

유독 피로도가 높은 날.
커피를 한껏 들이켜도 효과가 미비한 날이 있다.
커피 기운이 온몸을 한 바퀴 돌지만
그리 쾌적하지 못한 몸 상태와 멘탈.
이러다 실수라도 할까 물렁한 경각심을 가진다.

이런 날엔 할 일을 끝내고 얼른 가서
침대 위에 기절하고 싶지만
변함없는 생활 패턴은
개운한 잠을 선물하지 못할 것이다.

마른오징어를 짜듯 없는 기력을 짜낸다.

야식과 폭식 대신 영양제와 과일을 택하고,

스마트폰 하는 시간의 3분의 1을 산책이나 가벼운 운동에 투자해보자.

귀찮기는 하지만 신기한 건

하고 싶은 걸 줄이고 이로운 고통을 받아내면

단순한 피로뿐만이 아닌 다이어트, 정신력, 건강 등

여러 방면의 긍정적인 효과가 생긴다는 것이었다.

내 삶은 내가 책임진다.

어쩔 수 없는 것은 없다.

현 상태의 나는 과거의 내가 만든 것이다.

극심한 피로의 실체는 체력 부족이다.

어느 제약 회사의 '간 때문이야'라는 광고 문구도

나를 설득하지 못했다.

건강한 관계

내 멋대로만 해서도 안 되지만
그렇다고 너무 눈치 보지도 말고요.
내 입맛대로만 해서도 안 되지만
그렇다고 간, 쓸개 빼가면서 비위 맞추려 하지도 말아요.
뭘 얼마나 대단한 걸 얻겠다고요.
관계는 서로가 서로를 위하며
윈윈할 수 있는 사이가 되는 게 중요하지.
일방적인 관계는 어떠한 관계라도
한쪽의 자존감이 계속 무너질 수밖에 없습니다.
관계에서 무엇이 되었든 실적을 채우려 하니
나만 작아지고 비굴해지는 거예요.

기억하세요. 우리는 영업사원이 아니에요.

그럴 필요 없습니다

산들이 다 똑같이 생겼어도 공기도 다르고 높낮이도 다르고 오는 사람들도 다르고 정상에서 보는 풍경도 다 다릅니다. 산조차도 그러는데 내가 위축되어 있을 필요가 있을까요. 유행 따라갈 시간에 내 개성을 살리는 삶이 더 유익하며 똑같이 생긴 산들보다 뭐 하나라도 특징이 있는 산이 나중에는 사람들이 찾고 사진 찍는 관광지가 된다는 거 잊지 마세요.

나는 가을 단풍이 피는 붉은 산인데
괜한 조바심에 여름 푸른 산을 모방할 필요는 없습니다.

미운 오리 새끼

어떠한 계기로 사람들에게 미운털이 박힌 사람이 있다면
그가 만회하려 무엇을 해도 와닿지 않는다고 한다.

마치 유튜브 광고에서 아무리 주구장창
화려하게 설명하고 설득해도
얼른 5초 뒤 광고 스킵을 누르고 싶은 거처럼.

사람과 사람 사이에 좋을 때 좋고
잘할 때 더 잘해야 하는 이유이기도 하다.

진흙
속에서
피는 꽃

연필과 지우개가 필요했다. 마침 집 주변에 있는 초등학교 근처에 문구점이 있어 그곳을 찾기로 했다 무난한 기분에 날씨까지 좋아 아무 생각 없이 걷고 있던 도중 초등학교 5학년쯤 되어 보이는 아이 둘이 눈에 띄었다.

나도 저런 시절이 있었는데 요즘 애들은 뭘 하고 놀려나. 나 때처럼 술래잡기 같은 건 안 하고 스마트폰 보고 게임만 하려나. 잠시 추억에 젖어 아이들을 지나쳤다.

몇 걸음이나 옮겼을까. 문구점이 가까워지려는 찰나 뒤에서 경박한 욕설이 들렸다. 소리가 들리는 쪽으로 고개를 돌리니 아까 지나쳤던 아이 두 명 중 한 명이 다른 아이에게 욕을 하며 '너는 실패자야. 왜냐하면 공부도 못하고 운동도 못하는 데다가 가난하잖아.'라며 실컷 비웃고 있었다. 그걸 듣고 있던 아이는 곧 울 듯한 표정으로 '그런 거 아니야.' 하고 맥없는 목소리로 작은 저항을 할 뿐이었다.

순간적으로 욱했지만 감정적으로 나설 일이 아니라고 판단했다. 대신 화라도 내고 싶었지만 그건 아무런 의미 없는 기분풀이에 불과할 것이다. 잠시 생각하고 아이들에게 다가갔다. 욕을 한 아이가 아니라 욕을 듣고 있던 아이에게. 그리고 몇 마디 말을 건넸다.

얘야. 저 애가 하는 말들 때문에 아플 거야. 저 애가 하는 말이 사실인 것만 같아 더 슬플 거야. 앞으로 살다 보면 좋은 사람들도 있겠지만 저놈보다 훨씬 더 나쁘고 악당 같은 사람들도 만날 수 있을 거야.

그런데 그 악당들이 내뱉는 말들과 모습들이 사실인지 아닌지는 중요한 게 아니란다. 지금 너의 현재 상황이 좋지 않다고 해도 그 상황이 앞으로도 계속되는 건 더더욱 아니란다.

저런 말에 휘둘리지도 자기 자신을 의심하지도 말고 아파하지도 말렴. 저런 놈들이 내미는 기준 말고 네가 원하는 삶의 기준에 집중하고 노력하는 시간을 가진다면 가까운 미래에 네가 원하는 무대 위에 서 있을 것이고 널 응원하고 사랑하는 관객들도 생길 거란다.

악당들은 바이러스 같은 존재여서 세상에서 사라지지 않고 질기게도 사람들과 함께 살아가. 그런 악당들을 물리치는 방법은 그들이 무어라 하건 다 무시한 채 네가 건강하고 행복하게 잘 사는 거란다.

말을 마치자 그늘이 졌던 아이의 눈에 생기가 살아났다. 아이는 감사하다는 말과 함께 도망친 아이를 찾아 나섰다.

나는 아이의 사라져가는 뒷모습을 보며 집에 돌아와 오랜만에 히어로 영화를 한 편 보며 오늘 하루를 되감았다.

사람들이 히어로에 열광하는 건 강력한 능력 때문만이 아닌, 악당들의 유혹과 불리한 환경 속 위협적인 공격에도 꿋꿋이 흔들리지 않은 채 자신의 길을 걷는 당당한 모습 때문일지도 모른다.

도자기와 깡통

사람이라면 누구나 나이를 먹고 늙어가지만
그렇다고 모두가 멋진 클래식 자동차나
잘 숙성된 고급 와인 같은 사람이 되는 건 아닙니다.

사람을 대하는 태도, 품성, 인격, 지혜가 있어 자연스레
존경을 표하게 되는 노인이 있는 반면에
자기가 옳다며 다른 사람을 무시하는
이기적인 노인도 있습니다.

나이가 들어서 어떤 사람이 될 것인가는
자기가 어떻게 살아왔는가에 따라 나뉘며

뒤늦게 몇 주 몇 달 흉내를 내본다고
오랜 시간 갈고 닦은 성품을
따라잡을 수 있는 것도 아닙니다.

언젠가 노인이 된 나의 모습은
푸른 숲처럼 사람을 품고 쉼터가 되어주는
자연휴양림이고 싶습니다.

벼락

진상을 만났다. 유명한 짜장면집 앞이었는데
아니나 다를까 점심시간까지 겹쳐 사람들이 몰려 있었다.

단번에 맛집인 걸 알아차렸고 끝이 보이지 않는 긴 줄 하나만으로 다른 홍보는 필요하지 않을 것 같았다. 얼마나 맛있으면 이렇게 유명해졌을까. 흥미롭게 대기하고 있던 도중 갑작스레 뒤에 있던 사람들이 누군가에게 떠밀리며 정갈했던 줄이 아수라장이 됐다.

그건 40대 중반으로 보이는 한 남자 때문이었다. 욕설에 큰 소리는 기본이요, 거친 행동과 비상식적인 모습을 보니 단번에 진상으로서 가져야 할 모든 덕목을 갖춘 존재라는 것을 피부로 느낄 수 있었다.

소란을 피우는 이유는 허탈할 정도로 사소한 것.

배가 고픈데 왜 이렇게 오래 걸리냐는 것이었다. 괜한 오지랖이었을까. 엮이기 싫어 음식을 포기하고 자리를 뜨려고 할 찰나 겁에 질린 사람들의 얼굴이 눈에 걸렸다. 나는 한숨을 한번 푹 쉬고 그에게 다가갔다.

식사가 늦어져 불쾌하신 건 이해하지만 여기 있는 사람들 전부 기다렸다가 식사를 합니다. 불편하시다면 다른 곳을 이용하는 것이 어떠신지요.

말이 끝나기 무섭게 예감했던 대로 삿대질과 함께 쓴소리가 날아왔다. 그런 그를 아무런 감정 없이 가만히 바라보았다. 1분이 지났을까, 5분이 지났을까. 소음은 점차 사라지고 그의 말이 완전히 멈췄을 때 내 입에선 한마디가 튀어 나왔다.

그렇게 억울하시면 소송 거세요

잠시 어색한 침묵이 흐르고 분위기가 싸해졌다. 이미 할 만큼 해서 화가 다 풀린 건지 지쳐서 그런 건지는 모르지만 그는 혼잣말로 욕을 뱉으며 그 자리를 벗어났다. 사람들의 얼굴에 그제야 웃음꽃이 피기 시작했고 고맙다는 말과 함께 칭찬 일색을 펼쳤다.

그러나 나는 생전 들어보지도 못한 기괴한 욕설과 비합리적인 상황에 짜증이 났고 좀 더 부드럽게 상황을 풀어갈 수 있지 않았을까에 대한 아쉬움이 남아 기분이 언짢았다. 다행히 음식을 먹는 순간 감탄이 나오는 맛에 기분을 조금씩 정리할 수 있었다.

살다 보면 가끔 어처구니없는 사람을 겪을 때가 있다.

진상들의 데이터를 축적해 내린 가장 현실적인 결론은 순간 감정이 상해도 무시한 채 지나치면 별일 아닌 게 된다는 것이다. 사람에게는 누구나 피뢰침이 하나씩 있는데, 가끔씩 벼락이 떨어져 일상에 정전이 올 때가 있다. 곱씹지 말고 내려간 두꺼비집을 차분히 올려 제자리를 찾자. 좋아하는 음악을 듣거나 친구와 수다를 떨며 따듯한 커피 한 잔을 마시자. 내가 굳이 나서서 응징할 필요 없다.

허울뿐인 해변

이해의 부재, 이기적인 위선.

타인의 감정을 갈취해 높인 자존심.

흉터를 남기는 언행과 교묘한 가스라이팅.

사람이라면 누구나 잘살고 싶다고 생각한다. 그러기 위해서는 여러 조건들이 충족되어야 하지만 그중에서도 가장 중요한 핵심은 높은 자존감이라 말하고 싶다.

그런데 말이야.

다른 사람을 아프게 하며 쌓은 그런 어긋난 자존감이라는 성은 지금까지는 별 탈 없이 쌓아져서 꽤 견고하다고 착각할 수 있지만 언젠가는 파도의 장난질 한 번에도 맥없이 무너진다는 걸 알아야 해. 그 성은 애초에 모래성에 불과하니까. 눈앞에 잠시 쉽게 얻을 수 있는 짧은 자신감만 찾기보다는 가끔은 내가 어떤 재료들로 만들어진 사람인가 사색해 봐도 좋을 거야. 그런 사람이 아니라면 다행이지만.

반대로 지금까지 그래왔다면 이제는

시시한 모래성 말고
몇 세기는 거뜬한 만리장성을 쌓고 살아.

자존감의 실체

자존감의 실체를 마주하고 싶었다. 항간에 떠도는 두루뭉술한 솜사탕 같은 느낌 말고 어선에서 바로 잡아 떠 먹는 횟감 같은 날것의 느낌을 원했다. 7박 8일 정도, 대충 어림잡아 1주일 정도의 일정을 계획했고 그 기간 안에 자존감을 낚을 어부가 되기로 했다.

며칠은 가족과 지인으로부터 시작해 각종 직업군에 종사하는 아르바이트생과 건설현장 인부, 의사와 변호사까지 순차적으로 만나 식사나 커피를 하며 자연스레 자존감에 대한 대화를 나눴다. 물론 나에게 시간을 투자하는 것이니 그들에게 원하는 사례를 해주었고 그렇게 얻은 데이터로 서점을 산책하며 기존의 지식들과 결합해 정답을 찾아갔다. 그러나 너무 얕게 들어서일까, 모두 좋은 말들과 지식이었지만 낚싯줄은 당겨지지 않았다.

그러던 중 친구에게 연락이 왔다. 사정이 있으니 하루만 대신 일을 해달라는 부탁이었다. 다른 일이 있어서 못 할 것 같아, 라고 거절을 하려다가 문득 지금 하는 일에 혹시 도움이 되지 않을까 싶어 황급히 수락했다.

그렇게 하루를 뼈 빠지게 일하고 일당을 받은 후 그곳에서 나와 하늘을 멍하니 쳐다보았다. 그 전보다는 무언가 느껴지는 게 있었지만 배 안에는 고기 몇 마리 정도만 파닥거릴 뿐 내가 원하던 풍요로운 만선이 아니었다. 잡힐 듯 잡히지 않는 이 바다는 무서울 정도로 고요했다. 찌뿌둥한 아침 마지막 날이 왔다. 초조함보다는 답답함이 가슴에 들이닥쳤다. 컴퓨터 앞에 앉아 한동안 가만히 모니터를 바라보았다. 그래도 최선을 다했으니 된 것이다. 수고했다. 자신에게 심심한 위로를 건네며 체념을 한 채 자리에서 일어서는 순간,

며칠 전 정보 수집을 할 때 스쳐 지나간 문구 하나가 떠올랐다. 자존감을 올리는 가장 확실한 방법은 내가 이루고 싶은 것이 있을 때 그 과정에서 죽을 것 같은 두려움과 고통이 밀려와도 한 발자국 더 내딛는 것이다, 라는 문구였다. 느낌이 묘했고 허를 찔린 것처럼 따끔했지만 그 즉시 내가 무엇을 해야 하는지

본능적으로 알 수 있었다. 그것은 바로, 요새 느꼈던 답답함을 해소할 수 있는 달리기를 하는 것이었다.

곧장 나가 준비운동을 한 후 쭉 뻗은 코스 앞에서 심호흡을 서너 번 한 뒤에 달리기 시작했다. 30분은 달렸을까, 호흡이 가빠지고 버거워지기 시작했다. 건강을 위해서였다면 이쯤에서 멈추는 것이 정석이지만 이루고자 하는 목표에 대한 갈증이 나를 한계까지 밀어붙였다.

1시간이 넘었을까 아득하고 괴로웠다. 그만하고 싶었다. 거기서 5분을 더 달린다. 살고 싶었다. 종착지가 코앞인데도 몇 걸음만 더 뛰면 정말 죽을 것 같았다. 두려움에 몸이 부르르 떨리고 눈물이 흘렀다. 간신히 움직이던 내 다리는 눈앞의 종착지 직전에서 무너지고 말았다. 하지만 조금도 아쉽지가 않았다. 그 한 걸음 한 걸음이 내 한계를 초월한 증거였기 때문이다. 사람들의 시선이 느껴지고 웅성거림이 들리는데 조금도 신경 쓰이지 않았다.

그렇게 한동안이나 두근거린 후 시간이 흘러 서서히 가슴이 진정되고 긴장이 풀려 온몸이 나른해졌을 때 이것이 정답일까, 라고 의문을 가졌던 예감은 어느새 확신으로 변해 있었다.

한 박자 느긋하게

직장을 다녔을 때 일이다. 시간은 촉박한데 해야 할 일이 추가로 생겼다. 오랜 시간 근무해온 베테랑인 직장 동료들조차 당황하여 평소보다 몇 배는 빠르게 일 처리를 했다. 하지만 나는 성급함이 때로 실수를 낳는다는 것을 알기에 꼼꼼하게 업무를 보았다. 그 결과 나보다 앞서갔던 동료들은 상사에게 엄청나게 깨져가며 프로젝트를 다시 진행해야만 했다. 나에겐 몇몇 부분만 더 채우라는 지시만이 있었고 잘했으니 조금만 더 힘내라는 격려를 들었다.

항상 그랬다. 성급함은 언제나 화를 불러일으켰다. 배고프다고 급하게 먹으면 된통 체하여 소화제를 달고 살기 일쑤였고 5분 먼저 가려다 교통사고가 난 적도 있다. 연애에 대해 아무것도 모를 때 이야기지만 아무런 친밀감도 없이 고백했다가 대차게 차인 경험도 있었다. 그 후부터는 아무리 급한 상황이라도 조금 더 차분하게, 라는 혼잣말을 하며 마인드컨트롤을 했다.

그 결과 내 삶의 모든 부분에서 지금까지 무사고 타이틀을 지킬 수 있었다. 경험해본 사람은 알 것이다. 침착하게 가는 것이 가장 일찍 도착하는 방법이라는 걸.

한 박자 느긋하게 살아가자.

엉뚱한

맵고 짠 자극적인 음식은 안 좋다던 의사가
보쌈집에서 맛김치를 추가한다.

금연을 권장해 비싼 돈 들여 공익광고까지 하지만
담배 판매를 중지하지 않는다.

좋은 미래를 꿈꾸지만
아무것도 하지 않은 채 불만만 쌓인다.

자신에겐 좌절을 타인에겐 상실감을 주는 모순은
필시 사라져야 할 허울뿐인 철학이다.

레디
액션

이 순간에도 방영되는
내 인생이라는 드라마의 제목은
'나의 하루'쯤으로 짓고
저조한 성적에 흥행이 어려워도
막장으로 치닫지 말 것.

슬픔과 막막함이 무릎을 꿇려도
예기치 못한 반전과 역주행이
다시 일으켜 세우는 일이 부지기수니
한 줌의 햇살을 놓치지 말길.

엑스트라를 만드는 것은 대사가 아닌
자신을 배우로 보지 않는 낮은 자부심.
이제 고개를 들고 어깨를 펴.
곧 올 따사로운 봄 촬영을 준비할 시간.
과거의 필름은 놓아주기.

해방

매사에 과도하게 조심하는 사람들을 상담했을 때의 일이다.

케케묵은 방, 작은 걸음에도 바닥이 덜컥거린다. 벽지 곳곳엔 무언가 할퀸 자국들이 흔하고 한번 들어온 바람은 도둑처럼 눈치를 본다.

이곳은 현대인들이 자주 방문하는 마음속 반지하. 찌든 생각들을 뱉어내지 못하는 사람들이 머문다. 구석구석 살펴보지만 쓸 만한 것들이 없다. 가만히 이곳의 공기를 들이마시다 보니 허기가 진다. 다행히 라면 한 봉지 정도는 있어서 가스레인지에 불을 붙여보지만 작은 불씨도 일어나지 않는다. 어찌 된 영문인지 주인장에게 물어보니 불이 날까 무서워 아예 가스를 끊은 것이다. 그동안 모두가 지나치게 조심하다가 식사를 할 수 있었음에도 쫄쫄 굶고 있었던 것이었다.

한 번만 나를 믿고 원상복구를 해보라고 부탁했다. 별다른 일 없이 불이 들어오고 보글보글 끓는 감칠맛 도는 라면 냄새가 방 안을 채웠다.

적당한 걱정은 나를 현명하게 만들지만 지나친 걱정은 나를 겁쟁이로 만드는 법이다. 나를 구원하는 건 복잡한 상상이 아닌 담백한 용기다. 고작 과장된 잡념일 뿐인 흙탕물에 오늘과 내일이 잠긴다면 얼마나 억울한 일인가. 때론 바보처럼 생각하고 천재처럼 행동하자. 모든 시작은 용기를 내는 것부터 시작한다.

하늘을 보라.
자외선 따위를 신경 써 커튼을 치기에는
너무 푸르지 아니한가.

겨울

온도계만 내려갔어.

두껍게 껴입은 옷.
켜진 난로와 연말의 선물과 모임들.

크리스마스의 설렘과 나 홀로 집을
몇 번이고 시청하는 사람들의 투정도 즐겁지.

마무리와 시작이 공존하며
입김처럼 붕 뜬 마음조차 즐기는

눈은 시리도록 세상에 가라앉지만
호호 불며 먹던 붕어빵 파는
포장마차 천장은 여전히 튼튼해.

겨울은
오히려 가장 뜨거워질 수 있는 때야.

마음의 재산

뻣뻣한 몸에 금목걸이를 두르는 것보다
헐렁한 티셔츠 한 장을 걸쳤어도 자신 있고.

고급 다이닝 디너에서만 품위를 찾기보다
소박한 식사가 놓였어도 아이가 보고 배울 예절이 있고.

10캐럿 다이아몬드 반지에만 혹하기보다
꽃반지를 나눠 끼고도 좋아 죽는 사랑을 하고.

물질적인 풍요는 누구나 원하지만, 그 전에 내면의 자산도 함께 키운다면 더없이 좋을 것이다. 마음이 가난하면 반짝이는 골드바도 나를 짓누르는 무거운 쇳덩이로 돌변하기 마련이고, 돈만을 쫓다 보면 약지에 소중한 사람과 나눈 반지를 끼고 있어도 그 사실을 까먹기 마련이다.

승부수

골목대장이었던 어린 시절엔 손에 로열 스트레이트 플러시를 항상 쥐고 있었다. 우주의 비밀을 밝힐 거야, 정도의 꿈은 누워서 떡 먹기 정도로 가벼웠다. '아무것도 몰라서 그래. 커서 직접 부딪쳐 봐야지.'라는 어른들의 말은 귓속만 간지럽힐 뿐이었다. 그래서 누군가 '지금도 뭐든 할 수 있을 거 같아?'라고 물어보면 이러한 답변을 한다.

솔직히 이제는 항상 높은 패를 들고 있지는 않아. 어떤 꿈이든 다 이룰 수 있다고 말하는 것도 사기꾼이나 다름없고. 다만 경험이 쌓이면서 패가 낮아도 판을 뒤집을 수 있다는 걸 알게 됐어. 가능성이 있는 꿈이라면 마지막 히든카드가 나오기 전까지는 배팅을 멈추지 않는 것 같아.

사는 게 바쁘고 먹고 살기도 빠듯한데 무슨 꿈이냐고? 나는 그렇지 않다고 봐. 하나의 가능성을 보고 쭉 밀고 나가다 보면 어느 날 인생의 장르가 하루아침에 바뀌기도, 내게는 안 올 것 같았던 기회나 행운이라는 작은 틈이 어느 날 보이기도 하거든. 그래서 꿈 하나 정도는 가슴속에 품고 살아. 나는 오늘 하루라는 게임에서 이기기도 하고 지기도 하며 엎치락뒤치락 뒹굴지만 꿈을 생각하며 웃어.

한결같은 바람에 닿게 해줄 긍정적인 희망.

그것이 승리를 위한 나의 포커페이스니까.

나방

똑같은 매일 밤마다 앞이 캄캄합니다.
달을 원망하고
태양을 받들지만
운명과는 엇갈립니다.
치열한 불안감은 하루하루를 침식시키고
자그마한 희망에 목숨을 거는 일이 허다합니다.
생의 톱니바퀴는 하염없이 굴러가도
날갯짓은 잦아들지 않습니다.

타 죽어도 향할 테니,
빛은 나를 비추소서.

중독

담배보다 술이 끊기 어렵고 술보다 마약이 끊기 어렵고 마약보다 도박이 끊기 어렵고 도박보다 정치가 끊기 어렵다는 말이 있다.

순화해서 말하자면 습관이지만 조금 수위를 올리면 중독이라는 표현을 써도 이상할 게 없다.

사람은 좋았던 일보다 부정적인 일에 더 쉽게 중독된다. 좋은 기억보다 안 좋은 생각이 나를 좀먹는 법이다. 행복한 감정을 유지하는 것보다 화나는 감정을 환기하는 게 더 어렵다.

어느 날 절에 찾아가 한 스님에게 물었다. 스님도 사람인데 어떻게 매 순간 고요한 마음을 유지할 수 있나요.

스님은 이렇게 말했다. 어떻게 화나는 일 없고 짜증 날 때가 없겠습니까. 다만 편안했던 마음을 기억하고 그 느낌을 감사히 여기는 겁니다. 내 감정이 상했다고 그걸 화풀이하고 꿍해 있으면 앞으로 살아가면서 매번 그런 순간마다 내가 견디기 힘들어질 겁니다.

티끌 하나 없이 안온했던 마음에 중독되세요. 그리고 집중하세요. 내면의 맑은 계곡에 발을 빠트린다면 외부의 사사로운 시빗거리들에 신경 쓸 틈도 없어집니다. 예민해진 순간에 날을 세우는 일도 자존심 상하고 분노가 치밀어 올라 못 견디겠는 심정도 결국 잔잔한 평화 앞에 전부 무릎을 꿇게 됩니다. 말씀을 마치고 뒤돌아 가는 스님의 모습은 틀림없이 그날 나의 마음을 맑게 해줬다.

무던함에 중독되길.
편안함에 중독되길.
행복함에 중독되길.
두 손 모아 기도합니다.

전망대

코앞의 나무만 신경 쓴다면
숲속에서 오는 힌트를 놓칩니다.
십 리 앞의 수풀에 눈이 먼다면
옆에서 날 바라보던 다람쥐를 놓치고 맙니다.

정신없이 앞만 보던 발걸음은
갈피를 잡기 힘든 미로 속에 나를 가뒀고
망원경으로 뚫어져라 미래만 보았던 눈은
눈앞을 보지 못해 길을 잃었습니다.

그래서 현재 나의 인생은

너무 앞만 보지도 않고

너무 멀리 보지도 않습니다.

적당한 거리가 가장 예쁜 풍경을 볼 수 있기에

미련은 어쩌면 내가 자초하는 것일 수 있습니다.

오래
오래
길게

직장 후배와 퇴근 후 식사를 하던 중에 나눴던 대화이다.

형, 바르게 산다는 게 뭐라고 생각해? 도덕적인 관념에서 꿀릴 것 없이 살아간다면 그게 잘사는 걸까. 누가 알아주는 것도 아니고 가만 보면 합법과 위법 경계에서 아슬아슬 줄타기하는 애들이 제일 여유롭게 보여. 그리고 요즘은 그런 말도 있잖아. 착하면 호구 된다. 깨달았을 땐 이미 늦었다. 한국의 이런 미친 경쟁 사회 속에서 누군가를 잡아먹고 커야 한다면 나는 솔직히 이제는 포식자가 되고 싶어.

후배는 쌓인 게 많은 것 같았다. 회사에 바친 노력에 비해 월

급 명세서에는 소금만 가득했고 주위 중고차 딜러나 핸드폰 가게 사장, 보험회사 직원인 사람들이 말재주를 부려 큰돈을 버는 모습을 보고 회의감을 느낀 것이다.

만약 후배가 감정적인 문제를 토로했다면 조언과 따듯한 위로를 전했을 것이다. 그러나 현실의 갈림길 앞에서 방황하는 후배에겐 이성적이고 냉정한 대화가 필요하다 판단했다.

지금 내가 하는 말은 조언이나 충고가 아니야. 나 한 사람의 개인적인 견해일 뿐이니 내 생각을 무조건적으로 따르지는 마. 나는 지금 네가 차를 타고 간다면 표지판을 꽂아주려는 게 아닌 옆의 동승자가 되어 네가 졸지 않게 말을 걸어줄 뿐이야.

사람마다 생존방식이 달라. 누구는 뛰어난 머리와 요령으로 가진 재주를 발휘하기도, 누구는 성실함과 우직함으로 주위 사람들에게 신뢰를 받아 빛을 보기도, 또 누군가는 독기 하나로 승부를 보기도 하지. 하지만 겁이 많아 움츠려 있거나 멘탈이 약하고 심성이 여린 사람들도 다 자기만의 생존방식이 존재해.

그래서 나를 잘 아는 게 가장 중요하다고 생각해. 선택은 어차피 앞으로도 무수히 내 앞에 나타나거든. 그런데 잘못 튀는 불꽃같은 감정을 따라가다가 엉뚱한 곳에 도착하는 경우도 있어.

물론 현실적으로 당연히 돈도 더 필요하고 그렇게 하려면 그에 맞는 처세가 필요할 수도 있겠지. 그래서 너에게 정직의 틀을 강요할 수 없고 양심에 금이 가는 선택을 한다 해도 네 삶을 바꾸라고 강요할 수는 없어. 네 삶의 주인은 너니까.

다만 한 가지 확신할 수 있는 건 내 자식에게 권유할 수 있는 마인드와 행동 범주 내에서 살아가고 남들보다 센스 있게 한 발자국 먼저 앞서 시도한다면 절대로 못 살 수는 없다고 생각해. 못해도 중박이야. 이건 내가 각서도 써줄 수 있어.

후배는 곧장 웃음을 터트리며 '내가 형 두고 지금 누굴 모방하려 했던 거야. 멍청이 될 뻔했네.'라며 말장난을 쳤고 그렇게 사건은 일단락되었다.

마음의
죽

너무 자극적으로 살지 않는다.
때때로 순하고 담백한 것들로 나를 채운다.

콜라도 좋지만 따듯한 차로 나를 데우고
뉴스 속보도 좋지만 잔잔한 감동의 이야기에 머무른다.

특히나 마음이 시름시름 앓을 때면
자연과 여유를 찾고 싱거운 음악이나 영화를 보며
안식을 취하는 나를 관찰한다.

나 자신에게

마음의 죽을 떠먹이는 것이다.

지루하고 재미없다는 투정이 나올 정도가 되면
이제 다 나았네, 라며 기쁨의 농담을 한다.

마음이 장수하는 비결이다.

챔피언

상상하지 않기로 했다.
받을 상처를, 아픔을, 슬픔을.

아쉽게도 좋은 일만 있을 수는 없으니
때가 되면 담담하게 받아들이기로 했다.

그때그때 부딪히고 해결하는 거지,
어떻게든 되겠지 라는 일차원적인 생각이
자주 느끼는 몹쓸 두려움을 사라지게 했다.

우리는 쓸데없이 깊고 심오하다.

너무 똑똑하지만 역으로 바보이기도 하다.

우는 날보다 웃는 날이 더 많았다.
걱정이 이루어지는 순간보다
멀쩡한 순간이 더 많았다.
지금 숨 쉬며 살아가는 것조차
매 순간 승리하고 있다는 증거다.

나를 나약하게 여기지 말자.

별거 없음을 인식하자.
겁먹지 말자.

나의 맷집은 생각보다 세다.

즐겁게 살기 위해

시리도록 냉정해지고 텁텁할 정도로 삭막해진 적 있나요.

언제 이렇게 인간미가 사라졌을까. 거울에 비치는 차가운 눈빛을 모른 척 외면한 적 있나요. 저는 타인의 이기적인 행동에 지나치게 화가 치밀고 사람 자체에 실망을 넘어서 혐오감을 가진 적도 있었습니다. 내가 피해받기 싫어하는 것처럼 나 또한 남들처럼 그러지 말아야 한다는 개인주의적인 성향이 강했어요.

어느 날 예민해진 내게 '나는 왜 감싸주지 못할까, 용서하지 못할까. 심지어는 나는 뭘 얼마나 잘하길래 조금의 이해도 버거운 걸까.' 혼을 내듯 스스로 반문했어요.

아마 안도현 시인의 연탄재 함부로 발로 차지 마라. 너는 누구에게 한 번이라도 뜨거운 사람이었느냐, 라는 구절이 마음을 건드린 것 같아요.

매 순간 나를 불태우고 희생하는 연탄처럼은 못 살겠지만 매서운 추위에 부드럽게 공기를 데우는 보일러 같은 마인드는 오히려 내게서 악심을 박탈해갔습니다. 그래도 어렵다면 지금까지 살아오면서 나도 모르게 해온 실수나 불찰을 누군가는 따듯하게 덮어 주었다고 생각해 보는 건 어떨까요.

미움은 아무리 기도해도 들어주지 않지만
용서는 나부터 구원합니다.

가끔은 즐거움이란 열매를 줘

욜로에 대해 생각해봤다.

럭셔리 호텔에서 촛불을 켠 채 식사를 하거나 고급 외제차를 몰아 백화점에서 두 손 가득 쇼핑백을 가지고 나오는 일. 그 밖에도 여러 가지가 있지만 내 생각에는 보이지도 않는 미래만을 위해서 현재를 희생해야 하는 현실에 답답함을 느껴 생긴 문화 같다.

한때는 여행과 음식에 많은 돈을 투자하는 동생들을 보고 욜로 잘못하면 골로 간다는 애늙은이 같은 소리도 한 적 있다. 하지만 스카이다이빙 같은 스릴 넘치는 익스트림 스포츠를 경험한 후에는 말이 쏙 들어갔다. 내게는 서점을 산책하며 마음에 드는 책을 풍족하게 구매했을 때의 뿌듯함과 활동적인 행위에 투자하는 것이 욜로였던 것이다. 그래서 적당한 욜로를 즐기는 것을 지향한다. 내 나이에만 느낄 수 있는, 돈 주고도 못 할 경험들이 분명 존재하니까. 적당한 욜로의 가치를 아는 사람들은 평소엔 무턱대고 소비를 하지 않지만 그렇다고 매 순간 대책 없이 돈만 쌓아놓고 있지도 않는다. 아낄 때 아끼고 쓸 때 쓰며 이렇게 해서 망한 사람을 내 주위에선 한 명도 보지 못했다. 오히려 잘 풀리는 인생을 살아간다.

밤하늘은 저렇게도 예쁜데 나는 갈수록 황폐해져만 갈 때 나의 소소한 욜로는 수많은 열쇠에도 열리지 않던 자물쇠를 덜컥 열어버린 황금열쇠가 됐다.

나는 사람이었다. 일과 스트레스란 우리에 갇힌 게 아닌 우리를 부수고 나와 누릴 수 있는 사람.

저 구름 한 점 없는 하늘에서 남이 남긴 비행운만을 바라보는 일은 멈추기로 했다.

소중한 생각

다른 사람의 이야기는 진심으로 경청하지만 나의 이야기는 짚고 넘어가지 않는다. 그로 인해 혼자서 끙끙 앓는 일이 생겨도 매번 내버려 둔다. 사람들은 나를 남 일은 잘 해결하면서 정작 본인 일은 해결하지 못하는 사람이라고 부른다.

그들에게 언젠가 나의 이야기를 꺼냈을 적에 돌아온 말은 "세상에서 가장 어려운 건 사람 마음을 얻는 거야."라는 차가운 대답뿐이었다. 하지만 그들의 고민을 대신 생각하고 문제가 풀렸을 때 그 사람들의 기쁨을 보면 그동안의 서러움은 씻은 듯이 사라졌다.

나를 알아주는 사람이 있다는 건 얼핏 아무것도 아닌 것처럼 보일 수도 있다. 하지만 나는 그런 사람을 주변에 두는 게 앞으로의 삶에서 필수적인 요소라고 말하고 싶다. 내가 지금 하는 말은 서운하다며 투덜대려고 적은 것이 아니다. 수많은 사람에게 도움을 줘도 내 사람 하나 얻기가 쉽지 않으니 소유하고 있는 인연의 귀중함을 말해주고 싶어 적은 것이다.

완전히 나를 알아주기는 힘들지 몰라도 노력해주는 사람, 공감하고 함께해주는 사람이 곁에 있다면 내가 가장 행복했던 순간보다 더 감사한 일이다.

소중히 여기자. 잠깐 틀어지더라도 삐지는 정도만 하자.
가까울수록 더 예의를 지키자.
곁에 있다면 한 번쯤 떠올려주자.
아직 그런 사람이 없다면 내가 원하는 사람과 어울리는
좋은 사람이 되기 위해 준비를 하자.

찬란한 미래는 나 혼자서 인테리어할 수 없다.

심플한 생활

치밀하게 계획을 세워도 완벽하게 지켜본 적이 없다. 오래 유지한 적은 더더욱 없다. 화창한 날에 데이트를 잡아도 느닷없이 비가 내린다. 해야 할 공부가 있지만 친구가 재밌는 이야기가 있다며 연락이 온다.

사람은 변수에 약한 법이다. 드라마에서조차 생각지 못한 상황과 인물이 갑자기 훅 들어와 시청자들을 심쿵하게 만드는 것을 보면 변수는 역시 사람을 반응하게 한다. 나에게 매일같이 주어지는 24시간은 유한하다. 이 소중한 시간 동안 몇십 수 앞을 내다보느라 골머리를 앓고 변수를 예측하려 했던 것은 지금까지도 가장 후회하는 순간이다. 어차피 내가 조절할 수 있는 영역이 아니었던 것이다.

사실, 간단히 한두 개의 생각만 가지고 살아도 전혀 지장이 없다. 상상은 나를 두렵게 만들고 움츠리게 한다. 우리는 매일 시시각각 일어나는 변수를 목격한다. 만약 좋지 않은 변수가 일어났다고 해도 당황하며 절망할 것이 아니라 이런 일이 일어날 수도 있다는 걸 덤덤히 받아들이는 습관을 만들어야 한다. 그래야 단단해질 수 있다. 내가 오랫동안 계획하여 세심하게 쌓아가던 도미노가 기침 한 번에 와르르 무너질 수도 있고 마당에 심은 콩이 쑥쑥 자라 잭과 콩나무 이야기 속의 콩나무처럼 자랄 수도 있는 것이다. 완벽하다고 자만해서도 안 되지만 답이 없다고 포기할 필요도 없다.

찰나의 변수는 모든 것을 바꾸기에 의미 없는 계산을 멈추자. 심플하게 살자.

인생은 수 싸움으로 결정되는 바둑이 아니다.

잘하는 게 없어도 된다.

내세울 게 없어도 된다.

특별한 게 없어도 된다.

너는 무언가를 증명하기 위해 태어난 것이 아니다.

다만 행복해져라. 그것만이 그대의 의무이다.

분명히 해야만 할 때

참는 자가 이긴다는 말이 있다. 어느 정도 일리는 있어도 전적으로 동의하지는 못하겠다. 모든 일에는 적당한 선이 있기 때문이다. 배려와 이해도 할 만한 상황과 사람에게 해야 한다. 트러블을 만들라는 이야기가 아니다. 나긋한 목소리로 돌려 말해도 괜찮고 따로 불러서 서로의 의견을 나눠보는 대화를 해봐도 좋다.

중요한 건 어떤 식으로든 나의 생각과 기분을 표출해야 될 순간이 있다는 것이다. 그런 순간을 넘겨버리면 화병이 나고 만다. 한번 속마음을 표현하고 난 뒤 역시 괜히 했나, 하고 후회할 수 있지만 여린 마음이 남아 있어서 잠시 그럴 뿐, 나를 살게 하고 방어하는 일에서 오는 후회는 오래 남지 않는다.

좋은 게 좋은 거라며 둥글게 사는 게 능사인 줄 알았지만 그건 결국 내가 희생하면서 참아오는 관계였다. 친구가 도를 지나쳤을 때 "이건 아니야. 다시 생각해 봐. 가까울수록 선을 지키자. 너랑 오래가고 싶어."라고 말했다. 넘어갈 수 없는 부당한 일을 당했을 때는 "잘못된 점이 있습니다. 상황이 이러하니 시정해 주십시오."라는 말을 했다. 어필을 했다고 곧장 큰 변화가 있거나 순식간에 모든 걸 바로잡을 수 있는 것은 아니다. 하지만 적어도 나를 지킬 수는 있었다. 매사 융통성 없이 예민하게 가시를 세우라는 게 아니다. 적절한 순간에 적당히 목소리를 내는 정도면 된다.

어지러운 소란을 잠재웠던 건
백번의 침묵보다 명확한 말 한마디였다.

포기가 망설여질 때

나는 네가 그동안 해왔던 걸 포기한다고 주눅 들지 않았으면 좋겠다.

달래주려고 뻔한 위로를 건네는 게 아닌 큰 용기를 낸 것이라 칭찬해 주고 싶다. 나는 사실 10년 정도 가수를 꿈꿨다. 슈퍼스타K부터 시작해 기획사별로 수없이 오디션을 봐왔다. 무작정 부딪히기만 한 것도 아니다. 비싼 돈을 들여 보컬학원에 다니며 인터넷 강의까지 전부 섭렵했다. 무대 위는 그만큼 내 전부였으니까.

조금 부끄럽지만 이런 말까지도 들어봤다. 환불해줄 테니까 그만 나와라. 재능이 없는 정도가 아니라 노래를 하면 안 되는 사람이니 듣지도 말고 부르지도 마라. 한 곳에서 들은 게 아니다. 다녔던 학원 모두가 비슷한 반응이었다. 크게 상처를 받았다. 하지만 그 당시 나는 '원래 성공에는 고난이 있는 법이야. 인재를 몰라보네. 더 열심히 해야지.' 하고 묵묵히 내 길을 걸어갔다.

10년째 되던 날 각오를 다지고 자주 가던 녹음실을 방문해 나의 노래를 들었을 때 현실을 파악함과 동시에 가장 자신할 수 있는 가치관이 하나 생겼다. 아무리 노력해도 안 되는 게 있다는 것. 아닌 길은 최대한 빠르게 싹을 자르고 다른 길을 살펴봄이 백배는 현명하다는 것. 하고 싶은 일과 할 수 있는 일의 경계인 프로의 세계는 처절할 정도로 다른 세계라는 것.

나는 지금 포기를 권장하는 게 아니다. '노력하면 할 수 있어요. 조금만 더 하면 돼요. 힘내요.' 같은 희망으로 긴 시간을 허비하는 것을 냉정하게 막아주고 싶을 뿐이다. 이 글은 어쩌면 내게 독이 될 수도 있다. 하지만 긴 시간 동안 후회 없이 도전하고 무너지며 다시 일어서서 어떻게 해서든 하나의 꿈을 이루려 해봤던 경험자로서 내 이야기를 털어놓고 싶었다. 아직 미련이 남는다면 더 해봐도 된다.

그것이 좋아 죽겠으면 종일 함께해도 된다. 다만 성공이 목적이라면 이야기는 달라진다. 넓게 보라, 감정에 휩쓸리지 마라.

내가 결정한 포기는 패배가 아닌
또 다른 성공의 입구가 되기도 한다.

나를 살리는 저항

한번 움츠리다 보면 계속 작아진다.

이기는 것도 습관이고 지는 것도 습관이다. 하지만
대다수의 사람들이 이기지 못할 것 같은 상황이 벌어지면
나서야 할 순간임에도 투지 자체가 꺾여버린다.

싸움과 승리만이 목적이 아니다.

나의 존엄성을 지켜야 할 때만큼은 끝까지 부딪히고 최선을 다해 투쟁해야 나를 보호할 수 있다. 때로는 지는 싸움도 해야 하는 순간이 온다는 이야기다. 나약함은 패배에서 오는 게 아닌 물러설 때 생긴다. 나약함이 쌓이면 작은 일에도 쉽게 겁먹고

스스로를 믿지 못해 누군가에게 의지하려고 애쓴다. 나의 주체를 점점 잃어가는 과정이다.

매사 으르렁대야 잘 살 수 있음을 뜻하지 않는다. 몸이 덜덜 떨려도 행동해야만 될 때가 있음을 의미한다.

베테랑 형사들조차도 범인을 잡아야 할 때면 항상 두려움에 휩싸인다고 한다. 하지만 꼭 지켜야할 게 있으니 형사들은 움직이고 우리가 안전하게 살아갈 수 있게끔 한다. 둥글게 둥글게 살다가도 누군가 무례한 말을 던져 상처를 준다면, 슬쩍 떠보면서 내 선을 침범하기 시작한다면, 확실한 사이렌을 울릴 필요가 있다.

외부적으로 나를 지켜주는 법과 질서는 언제나 유효하지만
내 마음속 경찰관은 나 하나뿐이다.

외로운 순간에는

많이 외로웠죠? 나는 외로울 때면 낭떠러지로 떨어지지 않으려고 얇은 나뭇가지를 손가락으로 붙잡고 있는 기분이었어요. 외로움, 혼자, 이런 거 검색하지 말아요. 사실 완전히 극복하는 방법 같은 건 없으니까요. 쉴 틈 없이 바쁘게만 살아가는 어떤 사람은 처량하게 보이기 싫어서 다른 사람들에게 외롭지 않다는 거짓말을 했다고 해요. 외로움은 누구에게나 공평한 감정입니다.

신이 우리를 창조할 때 외로움을 담아준 이유를 고민해 봤어요. 모두가 진정으로 혼자가 되는 영면을 마주했을 때 정말 별거 없으니 놀라지 말고 자주 부딪히며 담담해지라는 예방접종 같은 메시지 같아요. 우리는 그저 사람으로 일로 꿈으로 잊어갈

뿐이죠. 외로움은 머리와 몸이 둘 다 아무것도 하지 않을 때 더욱 선명해져요. 외로움에 쏠려 있는 신경을 다른 곳으로 돌려보세요.

당신의 현재는 1%의 외로움과
99%의 발전으로 채워져야 합니다.

동일
선상

나에게 건네는 따듯한 다정.

굽이굽이 나의 골목길마저
밝혀주는 고마운 배려.

달라진 심정조차
알아주는 직설적인 관심.

기대한다, 그런 사람을.
알고 싶다, 그런 사랑을.

바라는 만큼 나도 같아야 한다.
능숙치 않다면 조금씩이나마 닮아가면 된다.

지구상에 모든 생명이 끼리끼리 어울리듯
원하는 누군가가 있다면 그와 같은 눈높이에서
서로 교류할 수 있어야 한다.

괜찮은 사람을 기다리는 일보다
내가 먼저 괜찮은 사람이 되어
괜찮은 사람이 자석처럼
내게 끌려오는 게 훨씬 수월하다.
나부터 곁에 두고 싶은 사람이 되자.

나와
맞지 않는
구석

어떠한 행동에는 그만한 이유가 있다는 걸 깨우치니
이해하지 못할 것도 이해하지 못할 것이 아니었다.

저마다 가진 수많은 특색들을
어거지로 이어 붙인다는 건
언젠가 터져버릴 위험한 고집이었다.

내가 누군가에게 납득되지 못하는 부분이 있듯
타인 또한 내게 1%도 납득될 수 없는 점이 있다.

이해되지 않는 페이지는 찢어 없애는 게 아닌

다시 한 번 검토하는 것이다.

우리가 언제부터 그렇게 완벽주의자였나.
사람과 사람끼리 트집은 멀리하고
부드럽고 너그럽게 봐주자.

완벽함은 사람에게 기대할 수 있는 게 아닌
신조차도 버거워하는 영역이다.

오히려

마음이 아플 때면 그 마음 모두 모아
저 멀리 여행을 보내자.

하와이든 파리 에펠탑이든 어디든 좋아.

나에게 하루 동안 주어지는 마음을
헤프게 쓰지 않기로 하자.
쉽게 쓴 마음은 좀처럼 쉽게 돌아오지 않으니.

일방적인 감정에 끙끙 앓을 필요 없이
지나간 이야기에 미련을 묻힐 필요 없이

그마저도 희미해지는 게 사람이고 삶이니
조그맣게 기록을 남겨두고 오답 노트로만 사용하자.

그렇게 조금 더 성장하고 훌훌 털고 일어나
다시 시작하고 조금 더 씩씩해져
10년 후 성장한 내가 오늘의 아픔을 뒤돌아본다면
그 기록은 미약하면서도 내게 날개를 달아준
변화의 디딤돌로 굳건히 자리를 지키고 있을 거야.

디딤돌이 있을 때 확실히 밟고 올라서자.

절대 흔들리지 않고
아무도 못 무너트리게.

전환점

누구나 생각만 해도 싫은 사람이 있다. 미운 감정이 못 박히듯 박혀버려 사사건건 마음에 들지 않고 한번 날을 잡아 엎어버리는 상상을 하기도 한다.

하지만 미운 감정에도 전환점이 존재한다.

의외의 모습을 보면 굳어 있던 마음도 갈대처럼 휘청인다.

아무리 그 사람이 싫다고 해도 극단적으로 끝까지 몰아붙이지 말자.

그것이 말이든 행동이든 생각이든 말이다.

기대하지 말고

기다려주며 기회를 주는 편이 낫다는 얘기다.

그토록 꼴 보기 싫던 인간이 알고 보니 밖에서 내가 좋은 사람이라고 이야기하고 다니고

별로였던 친구가 내가 다쳤을 때 죽을 사 들고 제일 먼저 병문안을 오거나

어리바리한 직장 동료가 여름 폭우에 어쩔 줄 몰라 하던 내게 우산 하나를 던져주고 정작 자기는 비를 맞으며 가는 뒷모습을 보인다면

우리의 마음은

정말 그 상태 그대로일 수 있을까.

이처럼 마음이란 건 마음처럼 되지 않아서 마음이라 부른다.

만족
할 수 있는
거래

마음이 편한 게 최고라는 걸 알았다.

계산기 두드리며 이것저것 재는 삶에서 얻을 수 있는 건 아무것도 없었다. 내가 나를 다잡지 못하는 순간마다, 나의 힘듦은 어느새 순결한 행복까지 침범했다.

나를 가장 편안하게 해줘야 할 사람은 나 자신이 분명한데 사실 나를 가장 괴롭히는 사람은 나 스스로라는 걸 깨달았다.

나와 마음은 하나이면서도 주고받는 게 분명한 필연적 비즈니스 관계다. 생각을 달리해 언제라도 내 마음에 손을 뻗는다면 충분히 만족할 수 있는 거래가 성사될 수 있다.

두 개의 통장

정말로 가난한 건
컵라면으로 한 끼를 때우는 게 아니다.
에어컨을 마음껏 틀지 못하는 게 아니다.
어울릴 사람이 없어 혼자 있는 것도 아니다.
진정한 가난은 마음이 가난한 것이다.

마음이 가난하면 사랑을 해도 불안합니다. 사람이 많아도 불안정한 관계만 가득합니다. 주머니에 든 돈이 많아도 속은 텅 비어 방황합니다. 그런 사람에게 세상과 사람은 참으로 고달픈 문턱입니다. 그런 마음을 부유하게 만드는 방법은 어려운 것이 아닙니다. 타인으로부터 얻을 수 있는 만족감을 스스로 생산할 수 있으면 됩니다. 사람마다 다르지만 쉬운 예로 나는 나의 마음속에 비가 내릴 때면 보육원에 들러 아기들을 보살펴주곤 합니다. 가기 전 귀찮음과 힘듦이 따라오지만 이마저도 이겨내지 못한다면 마음을 방치하겠다는 것과 다름없다고 생각하여 최선을 다합니다.

아기들이 나에게 사랑을 줄 때 천사같이 웃어줄 때 그동안 마이너스였던 감정들이 채워지며 더 잘 해내야겠다는 열정과 목표, 성취욕, 가치와 자존감이 동시에 품에 안깁니다. 외롭고 허전할 틈도 없는 것입니다.

푸른 하늘 꿈이

자주는 아니지만 어느 날 어렴풋이 내게
물살을 일으키는 한 장면들이 있다.

어린 시절 불안이 많던 내게 놀이터의 정글짐 놀이기구를 태워주시며 웃게 해주셨던 어머니. 자식의 교우 관계가 걱정되어 일하는 도중 학교에 와 내가 신나게 축구를 하는 모습을 보고 안도하셨던 아버지. 언제나 든든히 내 옆에 있어주었던 친동생 석이. 한겨울 손이 시릴까 봐 문방구에서 외상으로 장갑을 사주었던 친구 종현이. 그리고 항상 나를 사랑해주는 고마운 예지.

이같이 소중한 사람들이 있기에

감히 가늠할 수 없는 마음을 체감한 적 있기에
오늘도 살아갈 수 있고 버텨낼 수 있다.

당신에게도 그런 사람은 분명히 있다.
앞으로 몇 명 더 나타날 수도 있다.

그들의 환한 미소가 되었든 안쓰러운 눈물이 되었든 어느 한 장면이 당신에게 새겨진다면 당신은 결코 그들을 배반할 수 없다. 그들 또한 마찬가지다. 내 사람이란 나의 울타리 안에 소중함으로 머물고 있는 보석들이다. 대체할 수 없는 영웅들이다.

갈고 닦아라. 귀하게 대하라.
모난 곳은 덮어 주고 예쁜 곳은 빛나게 해줘라.
소중한 그들과 함께 잊지 못할 밝은 나들이 가라.

전시회

간혹 도저히 이해가 안 되는 사람들 있잖아요.
입장을 바꿔 생각해봐도 도통 알 수 없는 사람들.
둘러싸여 욕을 먹기도 하고 비웃음거리가 되기도 하더라고요.

그런데 흥미로웠던 건
그런 사람을 우습게 보고 벼랑 끝으로 내몰았던 사람들도
같은 상황에 처하면 별반 차이가 없다는 거였어요.
오히려 더 엽기적이거나 극단적인 행동을 하기도 하더군요.

만약 나도 그와 같은 인생을 살았거나 비슷한 처지였다면
차이점이 없었을 수도 있습니다.

그러니 누군가 범죄를 저지른 게 아니라면, 일부러 나를 골탕 먹이려고 하는 게 아니라면 답답하고 이해가 안 되는 물음표 같은 사람이라도 너무 눈치주지 말아요. 한 사람 한 사람 그동안 살아온 환경과 생활이 나와는 완벽히 다르기에 매 순간 행동을 결정짓는 결단이 다를 수밖에 없습니다.

애초에 우리의 존재 자체는 신비로운 예술이에요.
선불리 판단하고 손을 대는 건 실례인 거죠.
나의 가치를 높이는 데 집중하면 괜한 남의 흠을 잡아
불편을 겪을 일도 사라져요. 기분 좋은 생각만 간직해요.
앞으로 내 미래라는 창조물에 불순물이 끼어들어서는 안 되잖아요.

토끼와
거북이

늦었다고 초조할 필요는 없다.
넘어졌다고 좌절할 필요는 없다.
빨리 갔다고 자만할 필요도 없다.

인생에 있어서 정해진 출발선과 도착점은
개인마다 다르기에 타인과의 비교는 무의미한 소란이다.

내 경쟁 상대는 언제나 나 자신이기를.
지금 이 순간이 전부가 아니라는 희망을 갖기를.
모든 시작과 끝은 내가 정한다는 용기를 갖기를.

에필로그

여러 이야기가 나를 뒤바꾸었다.

짧은 시 한 편이 사랑을 일깨웠고
삶의 작은 부분이 옆에 걸터앉았다.

소중한 감정들이 내게 머물기 시작했다.

오늘을 사랑하기를.
나에게 관심 있던 평범한 웃음들을 소개시켜 주기를.

그대도 모르는 사이 그대의 마음은
아름답게 업데이트되었다.